Cada siete olas

Daniel Glattauer

Cada siete olas

Traducción de Macarena González

ALFAGUARA

Título original: *Alle sieben Wellen*
© Deuticke im Paul Zsolnay Verlag Wien, 2009
© De la traducción: Macarena González
© De esta edición:
  D. R. © Santillana Ediciones Generales, S.A. de C.V., 2010
  Av. Universidad 767, Col. del Valle
  México, 03100, D.F. Teléfono 5420 7530
  www.alfaguara.com.mx

Primera edición: octubre de 2010

ISBN: 978-607-11-0794-7   7, 2011

Diseño:
Proyecto de Enric Satué

© Imagen de cubierta:
Thomass Kussin

Traducción subvencionada por el
Ministerio de Educación, Arte y Cultura de Austria

Impreso en México

Capítulo 1

Tres semanas después
Asunto: Hola
Hola.

Diez segundos después
Fw:
AVISO DE CAMBIO DE DIRECCIÓN. EL DESTINATARIO YA NO
PUEDE ACCEDER A SU CORREO. LOS MENSAJES NUEVOS SE
BORRARÁN AUTOMÁTICAMENTE DE LA BANDEJA DE ENTRA-
DA. EN CASO DE DUDA CONSULTE CON EL ADMINISTRADOR
DEL SISTEMA.

Medio año después
Sin asunto
¡Hola!

Diez segundos después
Fw:
AVISO DE CAMBIO DE DIRECCIÓN. EL DESTINATARIO YA NO
PUEDE ACCEDER A SU CORREO. LOS MENSAJES NUEVOS SE
BORRARÁN AUTOMÁTICAMENTE DE LA BANDEJA DE ENTRA-
DA. EN CASO DE DUDA CONSULTE CON EL ADMINISTRADOR
DEL SISTEMA.

Treinta segundos después
Re:
¿Es que esto no acabará nunca?

Diez segundos después
Fw:
AVISO DE CAMBIO DE DIRECCIÓN. EL DESTINATARIO YA NO PUEDE ACCEDER A SU CORREO. LOS MENSAJES NUEVOS SE BORRARÁN AUTOMÁTICAMENTE DE LA BANDEJA DE ENTRADA. EN CASO DE DUDA CONSULTE CON EL ADMINISTRADOR DEL SISTEMA.

Tres días después
Asunto: Duda
Buenas noches, señor administrador del sistema. ¿Qué es de su vida? Qué marzo más fresco, ¿no? Pero me parece que, después de un invierno tan templado, no nos podemos quejar. ¡Ah!, ya que está usted aquí, tengo una duda. Tenemos un conocido en común. Leo Leike, se llama. Por desgracia he perdido su actual dirección de correo electrónico. ¿Sería usted tan amable de...? Gracias.
Un afectuoso saludo virtual,
Emmi Rothner

Diez segundos después
Fw:
AVISO DE CAMBIO DE DIRECCIÓN. EL DESTINATARIO YA NO PUEDE ACCEDER A SU CORREO. LOS MENSAJES NUEVOS SE BORRARÁN AUTOMÁTICAMENTE DE LA BANDEJA DE ENTRADA. EN CASO DE DUDA CONSULTE CON EL ADMINISTRADOR DEL SISTEMA.

Treinta segundos después
Re:
¿Me permite una pequeña crítica? Es usted un poco monótono.
Le desea un buen turno de noche,
Emmi Rothner

Diez segundos después
Fw:
AVISO DE CAMBIO DE DIRECCIÓN. EL DESTINATARIO YA NO PUEDE ACCEDER A SU CORREO. LOS MENSAJES NUEVOS SE BORRARÁN AUTOMÁTICAMENTE DE LA BANDEJA DE ENTRADA. EN CASO DE DUDA CONSULTE CON EL ADMINISTRADOR DEL SISTEMA.

Cuatro días después
Asunto: Sólo tres preguntas
Señor administrador del sistema:
Para ser francos, me encuentro en un apuro. Necesito la dirección actual del señor «Usuario» Leo Leike. ¡La necesito de verdad! Debo formularle CON URGENCIA tres preguntas: 1) ¿sigue vivo?, 2) ¿sigue viviendo en Boston?, 3) ¿ha entablado una nueva relación por correo electrónico? Si es verdad 1), le disculparía 2). Pero jamás podría perdonarle 3). En este medio año puede haber hecho quince nuevos intentos con Marlene, puede haberla hecho ir a Boston cada día. Puede haber estado cada noche de juerga en baratos bares de felpa bostonianos, puede haber despertado cada mañana entre los duros pechos de una Barbie bostoniana, rubia y conservadora. Puede haberse casado tres veces y haber tenido trillizos trivitelinos en cada matrimonio. Sólo hay una cosa que no puede haber hecho: NO PUEDE HABERSE ENAMORADO POR ESCRITO DE NINGUNA OTRA MUJER A LA QUE NUNCA HAYA VISTO. ¡Eso

no, por favor! Eso debe seguir siendo irrepetible. Necesito tener esa certeza para pasar las noches saliendo medianamente indemne. Por aquí sopla, persistente, el viento del norte.

Querido administrador del sistema, me figuro más o menos lo que va usted a contestarme. De todos modos, lo intentaré: sobrepóngase y dele mi recado a Leo Leike, con quien sin duda se mantiene usted en contacto. Y dígale que me escriba sin miedo. ¡Hágalo! Luego se sentirá mejor. Bueno, ya puede usted volver a rezar su plegaria.
Saludos cordiales,
Emmi Rothner

Diez segundos después
Fw:
AVISO DE CAMBIO DE DIRECCIÓN. EL DESTINATARIO YA NO PUEDE ACCEDER A SU CORREO. LOS MENSAJES NUEVOS SE BORRARÁN AUTOMÁTICAMENTE DE LA BANDEJA DE ENTRADA. EN CASO DE DUDA CONSULTE CON EL ADMINISTRADOR DEL SISTEMA.

Tres meses y medio después
Asunto: Para re
Hola, Leo.
¿Tienes nuevos inquilinos en el ático 15? Si estás en Boston, te lo advierto: no te sorprendas con la cuenta de electricidad. Ésos dejan la luz encendida toda la noche.
Que tengas un buen día y una buena vida,
Emmi

Dos minutos después
Sin asunto
¿Oiga?

Un minuto después
Sin asunto
¡Oiga!, ¿dónde está usted, señor administrador del sistema?

Un minuto después
Sin asunto
¿Debo preocuparme o puedo tener esperanzas?

Once horas después
Asunto: De vuelta de Boston
Querida Emmi:
Tu olfato es asombroso. No hace una semana siquiera que he vuelto al país. Así pues, en lo que a la electricidad se refiere: la consumo yo mismo. Emmi, te deseo... ¡Ah!, ¿qué desearte después de tanto tiempo? Todo sonará bastante trivial. Aunque sea con cinco meses de anticipación, lo mejor será desearte: feliz Navidad y un próspero año nuevo. Espero que te vaya bien, cuando menos el doble de bien que a mí.
Adiós,
Leo

Un día después
Asunto: Desconcertada
¿Qué fue eso? ¿Qué fue eso? Y si fue algo, fuera lo que fuese, ¿fue algo otra vez? No puedo creerlo.
E.

Tres días después
Asunto: Perpleja
Leo, Leo... ¿Qué ha sido de ti? ¿Qué ha hecho Boston de ti?
E.

Un día después
Asunto: En conclusión
Querido Leo:
La impresión que me causas desde hace cinco días es peor que cualquier otra que me hayas causado antes. ¡Y vaya si me has causado malas impresiones! Antes de conocerte no sabía lo malas que pueden llegar a ser las malas impresiones. (Por cierto, buenas también.) Pero ésta aún no la conocía: te importuné.

Vuelves de Boston, activas tu «Outlook», te alegras ante la perspectiva de reconquistar tu patria por télex. Ya llegan los primeros mensajes interesantes de suscriptoras de periódicos equivocadas: material para nuevas aventuras intelectuales con mujeres anónimas. A ver si esta vez hay alguna soltera. Y luego... ¡ah!, ahí te escribe una tal Emmi Rothner. El nombre te suena de algo. ¿No era aquella que por poco te llevas a la cama escribiendo como un experto flautista de Hamelín virtual? ¿La que estuvo a punto de echarse en tus brazos, pero en un último reflejo de racionalidad se mantuvo fatalmente alejada de ti, se te escapó, en el vértigo se libró de ti por los pelos? Pues bien, han pasado nueve meses y medio, hace tiempo que te has olvidado del chasco y de la mujer. Ahora ella da señales de vida, aparece de improviso en tu bandeja de entrada. Le deseas feliz Navidad y un próspero año nuevo en pleno verano, cuando todo está muerto (muy gracioso, Leo, como en tus mejores tiempos). ¡Y adiós! Ella ya ha tenido su oportunidad. Ahora se abren paso otras nuevas. Ella te molesta, te saca de quicio. No hagas caso, Leo. Ya lo dejará. Ya lo deja. Lo deja, ¡te lo aseguro!
Emmi
P. D.: ¿Así que esperas que a mí me vaya «cuando menos el doble de bien» que a ti? Lo siento, Leo. Es cierto que no sé cómo te va a ti, pero a mí me va cuando menos diez veces peor de lo necesario para que pueda irme cuando menos el doble de bien. Claro que eso ya no tiene por qué preocuparte.

P. P. D.: Gracias por haberme escuchado una vez más. Ya puedes volver a mandarme a tu simpático administrador del sistema. Al menos con él puede una hablar tranquila del tiempo.

Una hora después
Fw:
No tendría que haberte contestado, querida Emmi. Ahora te he ofendido (de nuevo). No era mi intención. NUNCA ME HAS IMPORTUNADO. Lo sabes. Para eso tendría que importunarme yo mismo, pues tú eres parte de mí. Te llevo siempre conmigo, a través de todos los continentes y todos los estados emocionales, como ideal, como ilusión de lo perfecto, como símbolo supremo del amor. Así estuviste conmigo en Boston casi diez meses, así regresaste conmigo.
Pero entretanto mi vida física ha continuado, Emmi, debía continuar. Estoy intentando formar una pareja. En Boston he conocido a alguien. Aún es demasiado pronto para hablar ya sabes tú de qué. Pero queremos intentarlo. Ella tiene en perspectiva un trabajo aquí, quizá se venga a vivir conmigo.
Aquella espantosa noche en que nuestra «primera y última cita» fracasó tan estrepitosamente por inasistencia, interrumpí de manera brutal nuestra relación virtual. Tú habías tomado una decisión, aunque no hayas querido admitirlo hasta el final, y yo te ayudé a ponerla en práctica. No sé cómo estás ahora con Bernhard, con tu familia. Tampoco quiero saberlo, porque eso no tiene nada que ver con nosotros. Para mí, este largo silencio fue necesario. (Tal vez nunca tendría que haberlo roto.) Fue necesario para preservar nuestra experiencia irrepetible, para conservar toda la vida nuestro entrañable, estrecho e íntimo no encuentro. Lo llevamos al extremo. Era imposible seguir. No hay continuación, tampoco, mejor dicho, me-

nos aún tres trimestres después. ¡Haz el favor de ver las cosas como yo, Emmi! Conservemos lo que fue. Y dejémoslo así; si no, lo destruiremos.
Tuyo,
Leo

Diez minutos después
Re:
Leo, eso ha sido una joya, una exquisitez, dentro de poco llegarás a estar en plena forma: «Es cierto que eres la ilusión de lo perfecto, Emmi, pero ya no quiero tener nada que ver contigo». Comprendo. Comprendo. Comprendo. Mañana sigo. Lo siento, pero no puedo ahorrártelo.
Buenas noches,
Tu I. D. L. P.

Al día siguiente
Asunto: Digno final
De acuerdo, conservaré lo que fue. Lo dejaré así. No lo destruiré. Respetaré tu postura, querido ex amigo por correspondencia, Leo Leike, alias Era Imposible Seguir. Me doy por satisfecha con que quieras guardarme en la memoria a mí y «nuestro asunto». Para ser una «ilusión de lo perfecto», me siento bastante imperfecta y desilusionada, pero por lo menos soy tu «símbolo supremo del amor», aunque por lo visto de otro mundo. Pues con Cindy de Boston (seguro que se llama Cindy, me la imagino susurrándote al oído: «*I'm Cindy* [risita] *but you can call me Cinderella* [risita, risita]»), con Cindy, digo, tal vez no sea posible encontrar los supremos símbolos imaginables del amor, pero sí los terrenales. Éstos es posible encontrarlos y, sobre todo, vivirlos. A mí —para mantener el equilibrio natural de cuerpo y mente— me llevas siempre contigo como «ideal», y desde luego comprendo perfecta-

mente que debas tener cuidado de que yo no te resulte demasiado pesada para no sufrir una hernia de idealismo. De acuerdo, Leo, «nos» quitaré un peso de encima, te lo quitaré a ti y me lo quitaré a mí, ya lo dejo, me retiro de tu vida. Dejo (ahora mismo) de escribirte mensajes. Te lo aseguro.

¿Le permitirías a tu «ideal» formular un último deseo, el último, último, último? SÓLO UNA HORA, una hora cara a cara. Créeme, no existe ningún conservante mejor para nuestra experiencia. Pues el único final sensato para un entrañable no encuentro es el encuentro. No te exijo nada, no espero nada de ti. Tan sólo necesito verte, hablarte, olerte una sola vez en mi vida. Necesito contemplar alguna vez tus labios diciendo «Emmi». Necesito contemplar alguna vez tus pestañas inclinándose ante mí, antes de que baje el telón.

Tienes razón, querido Leo, no hay ninguna continuación razonable para nosotros. Pero hay un digno final. Te lo pido por favor, ¡es lo último que te pido!

Tu ilusión de lo perfecto.

Tres horas después
Fw:
Pamela

Un minuto después
Re:
???

Treinta segundos después
Fw:
No se llama Cindy, se llama Pamela. Sí, lo sé, suena bastante mal. Siempre es peligroso que el padre se imponga

en la elección del nombre de una hija. Pero ella no lo aparenta, de verdad.
Buenas noches, Emmi,
Leo

Cuarenta segundos después
Re:
Querido Leo:
¡Por eso me caes tan bien! Perdona mis llaves de lucha libre, por favor. Me siento tan débil..., tan, tan, tan débil...
Buenas noches,
Emmi

Capítulo 2

Al día siguiente
Asunto: Está bien
Quedemos.
Leo

Tres minutos después
Re:
¡Hombre de una sola palabra! Excelente idea, Leo. ¿Dónde?

Una hora después
Fw:
En un café.

Un minuto después
Re:
Con diez escaleras de incendios y cinco salidas de emergencia.

Cinco minutos después
Fw:
Te propongo que sea en el café Huber. Más cerca que allí no hemos estado nunca ni en ninguna otra parte (físicamente, quiero decir).

Cuarenta segundos después
Re:
¿Volverás a mandar a tu guapa hermana para tantear a Emmi?

Cincuenta segundos después
Fw:
No, esta vez iré solo, abierta y directamente hacia ti.

Tres minutos después
Re:
Leo, esta resolución ajena a tu naturaleza me desconcierta. ¿Por qué tan de repente? ¿Por qué quieres verme?

Cuarenta segundos después
Fw:
Porque tú lo quieres.

Treinta segundos después
Re:
Y porque quieres acabar con esto.

Dos minutos después
Fw:
Porque quiero que acabes de creer que quiero acabar esto.

Treinta segundos después
Re:
No te desvíes del tema, Leo. ¡Quieres acabar con esto!

Un minuto después

Fw:

Ambos queremos acabar con esto. Queremos acabarlo bien. Se trata de un «digno final». Ésas fueron tus palabras, querida Emmi.

Cincuenta segundos después

Re:

Pero yo no quiero que quedes conmigo sólo para acabar con esto. ¡No soy tu dentista!

Un minuto y medio después

Fw:

A pesar de que sueles tocarle a uno la fibra sensible. ¡¡POR FAVOR, EMMI!! Ahora terminaremos esto. Fue tu explícito deseo, y fue un deseo justo. Prometiste que no destruiríamos lo «nuestro». Yo me fío de ti, de tu «nuestro», de mi «nuestro» y de nuestro «nuestro». ¡Nos veremos cara a cara en un café durante una hora! ¿Cuándo tienes tiempo? ¿El sábado? ¿El domingo? ¿Al mediodía? ¿Por la tarde?

Tres horas después

Sin asunto

¿Hoy ya no recibiré ninguna respuesta, Emmi? Si es que no, ¡buenas noches! (Si es que sí, ¡buenas noches!)

Un minuto después

Re:

¿Sigues sintiendo alguna emoción cuando me escribes, Leo? Pues yo siento que ya no sientes ninguna. Y no es nada agradable sentir eso.

Dos minutos después
Fw:

Tengo en mí gigantescos armarios y baúles repletos de emociones referidas a ti, Emmi. Pero también tengo la llave correspondiente.

Cuarenta segundos después
Re:

¿Por casualidad la llave es de Boston y se llama «Pamela»?

Cincuenta segundos después
Fw:

No, la llave es internacional y se llama «sentido común».

Treinta segundos después
Re:

Pero esa llave gira en una sola dirección. Sólo cierra. Y dentro de los armarios te ahogan las emociones.

Cuarenta segundos después
Fw:

Mi sentido común se ocupa de que a mis emociones nunca les falte el aire.

Treinta segundos después
Re:

Pero no las deja salir. Nunca están libres. Dispones de un limitado presupuesto emocional, Leo. Deberías trabajar en ello. Bueno, voy a despedirme por hoy (que es lo que me dicta el sentido común) y a digerir lo que has dicho o lo que no has dicho sobre nuestra próxima cita. ¡Buenas noches!

Veinte segundos después
Fw:
¡Que duermas bien, Emmi!

Al día siguiente
Asunto: Recta final
Hola, Leo.
Acabemos con esto: puedo el sábado, a las 14 horas. ¿Quieres que te diga cómo soy para que no tengas que buscarme mucho? ¿O prefieres que yo te encuentre a ti, sentarte entre la muchedumbre, hojear un periódico y esperar a que yo te aborde? Diciendo algo al estilo de «Perdón, ¿está libre este asiento? Esto..., ¿es usted por casualidad el señor Leike, el del armario emocional cerrado? Pues yo soy Emmi Rothner, encantada de conocerlo, mejor dicho, de haberlo conocido. Y... —mirando de reojo el periódico—, ¿qué hay de nuevo en el mundo?».

Dos horas después
Asunto: Lo siento
¡Discúlpame por mi mensaje anterior, Leo! Ha sido tan, tan, tan... En todo caso no ha sido particularmente amable. La verdad es que me merecía el administrador del sistema.

Diez minutos después
Fw:
¿Qué administrador del sistema?

Cincuenta segundos después
Re:
¡Ah!, olvídalo. Es un *running gag* entre yo y yo. ¿Te viene bien el sábado a las dos?

Un minuto después
Fw:
El sábado a las dos está bien. ¡Que tengas un buen miércoles, querida Emmi!

Cuarenta segundos después
Re:
Lo cual significa algo así como: «No cuentes con ningún mensaje más de Leo este miércoles, querida Emmi».

Siete horas después
Sin asunto
¡Por lo menos mantienes tu palabra!

Tres horas después
Asunto: Por preguntar, nada más
¿Aún tienes la luz encendida, Leo? (No hace falta que me contestes. Sólo me lo preguntaba a mí misma. Y si me lo pregunto a mí, puedo preguntártelo a ti también, ¿no es así?)

Tres minutos después
Fw:
Antes de que te des una respuesta equivocada, Emmi: sí, aún tengo la luz encendida. ¡Buenas noches!

Un minuto después
Re:
¿Qué estás haciendo? Buenas noches.

Cincuenta segundos después
Fw:
Estoy escribiendo. Buenas noches.

Cuarenta segundos después
Re:
¿A quién le escribes? ¿A Pamela? Buenas noches.

Treinta segundos después
Fw:
¡Te escribo a ti! Buenas noches.

Cuarenta segundos después
Re:
¿Me escribes a mí? ¿Qué me escribes? Buenas noches.

Veinte segundos después
Fw:
Buenas noches.

Veinte segundos después
Re:
¡Ah, claro! Buenas noches.

Al día siguiente
Asunto: Faltan dos días
Querido Leo:
Éste es el último mensaje que te envío antes de que me envíes uno tú (primero). Sólo te lo envío para decirte eso. Si no me respondes, nos vemos pasado mañana, a las

dos, en el café Huber. No pienso deambular por el café —despidiéndome— con la mirada extraviada en busca de Leo. Me sentaré en una mesita lejos del tumulto y esperaré hasta que el hombre que se pasó dos años alentando y debilitando emociones por escrito conmigo, antes de marcharse a Boston y cerrar el armario emocional de Emmi hecho por él mismo, hasta que ese hombre me encuentre y se siente a mi lado para que por fin podamos acabar dignamente con esta aventura mental. Por eso te pido que te esfuerces por reconocerme. Como ya se sabe, tienes tres variantes para elegir. Por si no recuerdas cómo me describió tu hermana, te daré con gusto algunas palabras clave. (Da la casualidaaaaaaaaaaaaaad de que conservo el mensaje que me enviaste por aquel entonces.) Emmi uno: baja, cabello oscuro y corto (aunque en un año y medio podría haber crecido), desenvuelta, «ligera inseguridad encubierta con majestuosa arrogancia», cabeza altiva, rasgos finos, rápida, temperamental. Emmi dos: alta, rubia, pechos grandes, femenina, movimientos lentos. Emmi tres: estatura mediana, castaña, tímida, reservada, melancólica. Bueno, creo que me encontrarás. Contéstame o, de todos modos, te deseo dos días más de tranquilidad, querido mío. ¡Y ten cuidado con tu llave!
Emmi

Diez minutos después
Fw:
Querida Emmi:
Me has facilitado la tarea de reconocerte, tal vez más de lo que querías. Me has revelado definitivamente que eres la Emmi uno, cosa que siempre he creído. ¿Quieres saber por qué?

Un minuto después
Re:

¡Desde luego! ¡Adoro al exaltado psicólogo aficionado que hay en ti, Leo! De ese modo es posible resucitarte de la parálisis circulatoria y hasta forzarte a descruzar tus emociones y escribir mensajes.

Quince minutos después
Fw:

Querida Emmi uno:
Da la casualidaaaaaaaad de que yo también conservo nuestros mensajes de la época en que nos diagnosticamos a distancia. En el caso de la «Emmi dos», de los atributos asignados por mi hermana pasaste por alto «muy segura», «segura de sí misma, tranquila», «miraba a los hombres de manera perfectamente ocasional» y características como «delgada, piernas largas» y «rostro bonito». Lo único que te importó fue indicar sus movimientos lentos y sus pechos grandes (con los que siempre has estado en pie de guerra desde que nos conocemos). Se nota, pues, que no te cae muy bien. De modo que no eres ésa. Otro tanto ocurre con la «Emmi tres». No te interesa. Pones de relieve su timidez, una característica que debes de desconocer por completo. Y omites su «tez exótica», sus «ojos almendrados», su «mirada velada»: todo lo que podría sonar interesante de ella. Sólo en el caso de la «Emmi uno» eres generosa en tus observaciones, querida Emmi uno. Te parece importante señalar que su pelo corto y oscuro puede haber crecido, citas su «ligera inseguridad encubierta con majestuosa arrogancia», su «cabeza altiva» y su temperamento. Además mencionas el término «rápida», pero no «inquieta» y «nerviosa». Ésas son precisamente las características que menos te gustan de ti. Así pues, querida Emmi uno, estoy deseando encontrarte el sábado por la tarde

con tu cabello oscuro, tu cabeza altiva y tu talante rápido en la mesa del café.
Hasta pronto,
Leo

Diez minutos después
Re:
Si hubiese sabido lo eufórico que puedes llegar a estar (a escribir) cuando crees haber comprendido algo, me habría esforzado por resultarte más comprensible, querido mío. Sin embargo, te lo advierto: será mejor que cuentes con que puedo ser cualquiera de las tres Emmis. Quién sabe cómo se desarrolla la vida ahí fuera, con cuánta fidelidad refleja lo que pasa aquí dentro, donde las palabras se explican por sí mismas. Por lo demás, siempre has sido tú quien ha estado en pie de guerra con el busto femenino, amigo mío. Por lo visto, su sola mención te provoca situaciones de estrés edípicas. De otro modo no me explico tu insistencia en los «pechos grandes», si me permites expresarlo de manera metafórica.
Hasta pronto,
Emmi

Cinco minutos después
Fw:
Eso podemos discutirlo con mucho gusto en el café. De todos modos parece que no podremos superar el tema «Pechos: sí, no, grandes, pequeños», querida mía, amiga mía, querida amiga mía.

Diez minutos después
Re:
Por favor, excluyamos de nuestra cita los siguientes temas de conversación:

1) pechos y todas las demás partes del cuerpo (no quiero hablar de apariencias, las veremos de todos modos),

2) «Pam» (y cómo imagina ella su futuro junto a Leo Leike, alias Ropero Emocional, en la «vieja Europa»),

3) y todos los asuntos privados de Leo Leike ajenos a Emmi,

4) así como también todos los asuntos privados de Emmi Rothner ajenos a Leo.

Que durante esa hora no haya nada ni nadie más que nosotros dos, por favor, por favor, por favor. ¿Lo conseguiremos?

Ocho minutos después
Fw:

¿Y de qué vamos a hablar? No dejas muchos temas que digamos.

Quince minutos después
Re:

Leo, creo que te está volviendo a entrar miedo (tu latente miedo crónico al contacto con Emmi). Ya te gustaría poder detenerte en el tema de los «pechos grandes», ¿no es así? ¿Que de qué vamos a hablar? Me da igual. Contémonos experiencias de la infancia. No prestaré atención a la forma ni al contenido de tus palabras, sólo al modo en que las pronuncias. Quiero VERTE hablar, Leo. Quiero VERTE escuchar. Quiero VERTE respirar. Tras un periodo tan largo de estrecha, íntima, alentadora, refrenada, incesante, interrumpida, satisfecha e insatisfecha virtualidad, quiero VERTE durante una hora de una vez, de una vez para siempre. Nada más.

Siete minutos después
Fw:
Espero no decepcionarte. Pues no soy digno de VER, ni hablando, ni escuchando, y menos aún respirando (estoy resfriado). Pero tú lo has querido, tú deseabas esta cita.

Tres horas después
Asunto: ??
¿He dicho (de nuevo) algo malo?
Que termines bien la tarde,
Leo

Al día siguiente
Asunto: Miedo
Buenos días, Emmi.
Sí, tengo miedo. Tengo miedo de que, una vez que me hayas visto, deje de tener la importancia que tenía para ti (y que en parte quizá siga teniendo). Pues creo que en la pantalla mis letras se leen mejor de lo que se ve mi cara pronunciándolas. Tal vez te escandalices al ver en quién has desperdiciado tus pensamientos y sentimientos durante dos años. A eso me refería ayer cuando te escribí: «Pero tú lo has querido, tú deseabas esta cita». Espero que ahora me comprendas. Si no me respondes, hasta mañana.
Leo

Cinco horas después
Re:
Sí, ahora te comprendo, te has expresado con muchísima claridad. Hasta ahora lo único que siempre te ha interesado respecto a lo «nuestro» es la importancia que TÚ podías tener para MÍ. En relación con eso mides la importancia que YO tengo para TI. Es decir: si tú me importas

mucho, yo te importo algo; si tú me importas poco, yo
no te importo nada. Claro, yo soy físicamente prescindi-
ble para ti, no tienes ninguna necesidad de encontrarte
conmigo, y tu entusiasmo es limitado porque sólo lo haces por obligación. A ti no te importaba ni te importa
quién soy o qué soy YO en realidad. Ahora bien, por lo
que respecta a tu miedo, Leo, quédate tranquilo: ya antes
de la cita estabas a punto de perder la importancia que
tienes para mí (aunque la frase suene un poco rara). Puedes tener el aspecto que te plazca, amigo mío.

Diez minutos después
Fw:
Lo mejor será que anulemos la cita, amiga mía.

Veinte segundos después
Re:
Sí, anulémosla. Lo mejor será que vuelvas a activar ahora
mismo tu aviso de ausencia, amigo mío.

Diez minutos después
Fw:
Es mi culpa. No tendría que haberte respondido cuando
volví de Boston.

Un minuto después
Re:
Es mi culpa. No tendría que haberte escrito que en el
ático 15 estaba la luz encendida a las tres de la mañana.
¿Qué me interesa a mí tu luz? Por cierto, no sobrestimes
demasiado la importancia que tienes para mí: pasaba por
allí de casualidad en un taxi.

Dos minutos después

Fw:

Es cierto que mi luz no te interesa en absoluto, pero me pareció muy amable de tu parte que quisieras ahorrar electricidad conmigo. Por cierto, aunque no parezca importante para nuestra situación: desde un taxi no se puede ver si en el ático 15 está la luz encendida o no.

Un minuto después

Re:

Entonces habrá sido un autobús de dos pisos o un avión de hélice. Desde el punto de vista actual, da exactamente lo mismo. ¡Buenas noches!

Siete horas después

Fw:

Por si no acabas de pasar volando de casualidad y de todos modos ya lo has visto: esta noche también hay una luz encendida en el ático 15. No puedo dormir.

Diez minutos después

Asunto: Importante

Déjame explicarte, Emmi.

1) Lo que tú me importas a mí, me importa tanto o más que lo que te importo yo a ti.

2) Precisamente porque me importas tanto, me importa mucho importarte lo más posible.

3) Si no me hubieses importado tanto, me habría dado igual cuánto te importaba yo.

4) Pero de ninguna manera me da igual, eso significa que tú me importas tanto que no puede darme igual cuánto te importo yo.

5) Si supieras lo mucho que me importas, podrías entender por qué no quiero dejar de tener la importancia que tengo para ti.

6) Primera conclusión: por lo visto no sabes cuánto me importas.

7) Segunda conclusión: tal vez ahora lo sepas.

8) Estoy cansado. Buenas noches.

Cuatro horas después
Re:
Buenos días, Leo.

Nadie me había dicho eso antes. Ni creo que nadie se lo haya dicho nunca a nadie. No sólo porque sería imposible formular así (con tanta precisión) una cosa así por segunda vez. Sino porque casi nadie sería capaz de pensar con tanta profundidad emocional. Te lo agradezco muchísimo. ¡¡¡No sabes lo importante que es para mí!!! ¿Hoy, a las dos, en el café Huber?

Una hora después
Fw:
Hoy, a las dos, en el café Huber.

Un minuto después
Re:
Dentro de cuatro horas y veintiséis minutos, pues.

Un minuto después
Fw:
Veinticinco.

Un minuto después
Re:
Veinticuatro.

Cuarenta segundos después
Fw:
¡Y esta vez sí que vendrás!

Cincuenta segundos después
Re:
Pues claro. ¿Y tú?

Dos minutos después
Fw:
Sí, desde luego. No pienso privarnos de nuestro «digno final».

Veinte minutos después
Re:
¿Ése ha sido tu último mensaje?

Veinte segundos después
Fw:
No. ¿Y ése ha sido el último tuyo?

Treinta segundos después
Re:
Tampoco. ¿Estás nervioso?

Veinte segundos después
Fw:
Sí. ¿Tú?

Veinticinco segundos después
Re:
Sí, mucho.

Treinta segundos después
Fw:
Pues no deberías. Soy una persona bastante corriente, no doy muchos motivos para que alguien esté nervioso la primera vez que me ve.

Veinte segundos después
Re:
¡Es demasiado tarde para restringir los daños, Leo! ¿Ése ha sido tu último mensaje?

Treinta segundos después
Fw:
El penúltimo, querida Emmi.

Cuarenta segundos después
Re:
¡Éste es el último mío! Hasta ahora, querido Leo. Bienvenido al terreno desconocido del encuentro.

Capítulo 3

A la tarde del mismo día
Sin asunto
Gracias, Emmi.
Leo

A la mañana del día siguiente
Sin asunto
No hay de qué, Leo.
Emmi

Doce horas después
Asunto: ¿Fue...
... tan terrible?

Dos horas después
Re:
¿Por qué lo preguntas, Leo? Tú sabes cómo fue. Estabas ahí. Estuviste en persona, sentado frente a tu «ilusión de lo perfecto» durante sesenta y siete minutos, de los cuales le sonreíste al menos cincuenta y cuatro. No me pondré a detallar ahora todo lo que encerrabas en esa sonrisa, la lista es demasiado extensa. En todo caso incluía una buena dosis de vergüenza. Pero no, no fue terrible. En realidad, terrible no fue. Espero que andes mejor de la garganta. Como ya te he dicho: pastillas Isla-Mint, preferentemente las de sabor grosella. Y antes de acostarse, gárgaras con salvia.

Que termines bien la tarde,
Emmi

Diez minutos después
Fw:

«En realidad, terrible no fue.» ¿Qué es lo que fue entonces, querida Emmi? ¿Qué es lo que fue en realidad?

Cinco minutos después
Re:

Oye, Leo, ¿desde cuándo eres tú quien plantea las preguntas interesantes? ¿Tú no eras el responsable de las respuestas interesantes? Pues bien: si no fue terrible, ¿qué es
lo que fue entonces, querido Leo? Tómate todo el tiempo
que necesites. Buenas noches,
Emmi

Tres minutos después
Fw:

¿Cómo es posible que dos Emmis idénticas escriban y
hablen en un tono tan distinto?

Cincuenta segundos después
Re:

¡Gracias a un duro entrenamiento, señor psicólogo del
lenguaje! Y ahora, que duermas bien, que tengas felices
sueños y que respires sin dificultad. Por cierto, lo de
«Gracias, Emmi» estuvo flojo, querido Leo. Muy flojo.
Muy por debajo de tus posibilidades.

A la tarde del día siguiente

Asunto: El desconocido

Querida Emmi:

Llevo una hora borrando fragmentos de mensajes en los que procuro describir qué me pasó contigo en nuestra cita. Pero no consigo resumir mis impresiones. Diga lo que diga de ti, suena trivial, vacío, «muy por debajo de mis posibilidades». Probaré al revés. Te contaré qué te pasó A TI conmigo en nuestra cita. ¿Me permites, por excepción, emplear tu práctico sistema de puntos? Pues bien:

1) Te molestó que yo estuviera ahí delante de ti.

2) Te asombró que te haya reconocido de inmediato, porque sabías bien que yo no contaba con «esa» Emmi.

3) Te extrañó que te besara en la mejilla como si se tratara de un ceremonial estudiado durante años entre nosotros. (La segunda mejilla me la negaste, lo noté.)

4) Desde el primer instante tuviste la sensación de estar sentada frente a un desconocido que afirmaba ser Leo Leike, aunque no daba pruebas de serlo.

5) Ese desconocido no te pareció nada antipático. Te miraba a los ojos. Abría y cerraba la boca a tiempo. No hablaba de cosas que no venían a cuento. No sentía pánico cuando se hacían silencios largos. No tenía mal aliento ni le temblaban las cejas. Era un interlocutor divertido y agradable, aunque ronco. No obstante, necesitabas consultar una y otra vez ese bonito reloj verde esmeralda, que tuvo la suerte de encontrar una muñeca tan grácil, para saber cuánto tiempo más estarías obligada a simular o, mejor dicho, a que te fuera simulada una intimidad que en el espacio público no existía ni en sus más pequeños matices. Nada en mí te parecía conocido. Nada en mí te era familiar. Nada en mí te conmovía. Nada en mí te recordaba al escritor Leo. Nada del correo electrónico se había transmitido a la mesa del café. Ninguna de tus expectativas se había cumplido, querida Emmi. Y por eso, en lo que al capítulo Leo Leike se refiere, estás bastante... No,

«decepcionada» sería exagerado. Desencantada. Desencantada es más acertado: «¿Así que es éste? ¿Así que éste es Leo Leike? Ya. Bien». Eso estarás pensando ahora, ¿verdad?

Una hora después
Re:
Sí, gracias por el cumplido, querido Leo. El reloj verde es muy bonito, hace ya muchos años que lo llevo. Se lo compré a un anticuario serbio en Leipzig. «Marcha bien, tú mirar día, tú mirar noche, siempre la hora justa», me prometió. Y es verdad: siempre que lo he mirado, ha sido la hora justa. Bueno, pues ahora de nuevo es la hora justa. Un abrazo,
Emmi

Diez minutos después
Fw:
Querida Emmi:
Tu evasiva me parece de lo más elegante, francamente coqueta. Pero ¿no crees que sería leal decirme por qué estás enfadada? Así tendría menos dificultades por la noche, para dormir, ya me entiendes.

Veinte minutos después
Re:
De acuerdo, Leo, a decir verdad me habría interesado más lo que TÚ piensas de mí y lo que TÚ sentiste o debiste de sentir (suponiendo que hayas sentido algo). Aun después de nuestra cita, sigo conociendo mis propias emociones y sensaciones un poquitín mejor que tú. Pero ha sido muy amable de tu parte tomarte la molestia.
Buenas noches.

A la tarde siguiente
Asunto: El ausente
Querido Leo:
Ya veo que de momento te pones un poco tenso cuando escribes. Quizá te hayas excedido con tu relajación en la mesa del café. Pero no quiero ser aguafiestas: te diré qué te pasó A TI conmigo en nuestra cita. Pues bien:
1) Estabas tan estupendamente preparado para ser el digno Leo Leike que termina una relación epistolar, perfecto, desenvuelto, galante, seguro y no obstante tan humilde, viniera la Emmi que viniera, que casi daba lo mismo qué Emmi era la que venía.
2) Enhorabuena, Leo, casi no se te notó lo desconcertado que estabas porque yo tenía un aspecto tan diferente de lo que pensabas.
3) Enhorabuena, Leo, casi no se te notó lo mucho que te sorprendió que de repente yo pudiera ser de estatura tan mediana, tan castaña, tan tímida y reservada. (La melancolía, para mayor seguridad, la había dejado en el guardarropa, y había hecho bien.)
4) Enhorabuena, Leo, casi no se te notó lo mucho que te costaba aparcar en mis ojos tus pupilas rodeadas de un transparente color río de montaña, sin perder tu inofensiva y cautelosamente amable sonrisa de «tomo a las Emmis como vienen».
5) Leo, ten por seguro que en un ranking de los cien hombres más simpáticos de una cita a ciegas, con los que la mayoría de todas las Emmis de entre veinte y sesenta años habría quedado sin reservas por segunda vez —cuando menos para todo—, estarías en el *top five*. (Únicamente resta puntos tu beso en la mejilla, algo precipitado en su perfeccionista descuido. La verdad que deberías pulirlo un poco.)
6) Pero ¡lo siento, lo siento, lo siento! Yo no soy la mayoría de las Emmis, sino tan sólo esa única Emmi que en efecto creía haberte conocido «personalmente» e incluso pretendía haberte visto ya en días (¡y noches!) de arma-

rios emocionales abiertos. (Da la casualidad de que la mayoría de esos días también estaban abiertos tus muebles botelleros.)

7) No, querido Leo, no es que no te conociera, ni siquiera me diste la oportunidad de considerarte un desconocido. Es que, salvo tu envoltura externa, no estuviste presente para nada, te escondiste de mí en público.

8) Nuestra cita en siete palabras: yo estuve tímida y tú estuviste reservado. ¿Desencantada? Pues, para ser sincera, un poco. Los dos años anteriores —incluidos los tres trimestres de tu Emmi-gración interna a Boston— fueron bastante más sustanciales. Te mando un beso en la mejilla. Ahora desembalaré mi melancolía y me iré a duchar con ella.

Cuatro horas después
Asunto: ¡Ah, sí!
Por cierto, tu chaqueta era muy elegante. El azul te sienta bien. ¡Ah, y feliz viaje a Londres! (No hace falta que me contestes.)

Cinco minutos después
Fw:
¿Puedo hacerte una pregunta «personal», Emmi?

Cincuenta segundos después
Re:
¡Vaya, eso sí que sería una pregunta!

Cuarenta segundos después
Fw:
¿Aún sigues con Bernhard?

Treinta segundos después
Re:
Pues sí. Claro. Ya lo creo. Seguro. ¿Por qué lo preguntas?

Cuarenta segundos después
Fw:
Pues..., sólo por interés «personal».

Veinte segundos después
Re:
¿En mí?

Treinta segundos después
Fw:
En tus condiciones de vida.

Cincuenta segundos después
Re:
¡No me digas! ¿Puedo hacerte yo también una pregunta «personal», Leo?

Veinte segundos después
Fw:
Puedes.

Veinte segundos después
Re:
¿Lamentas haberme visto?

Treinta segundos después
Fw:
¿Puedo hacerte una pregunta muy «personal» al respecto,
Emmi?

Veinte segundos después
Re:
Puedes.

Treinta segundos después
Fw:
¿Eso es algo que se pueda lamentar?

Cuarenta segundos después
Re:
¿Quieres una respuesta sincera y «muy personal»?

Veinte segundos después
Fw:
Por favor.

Treinta segundos después
Re:
Siempre he pensado que no, que eso no es algo que se
pueda lamentar. Pero a ti te creía capaz de ello.
Buenas noches, mi querido escritor.

Veinte segundos después
Fw:

Desde que te vi, te admiro diez veces más por la seguridad con que eres capaz de ironizar sobre tu inseguridad.
Buenas noches, mi querida escritora.

Cuarenta segundos después
Re:

Bien, poco a poco el Leo virtual vuelve a imponerse. Si
alguna vez llegas a ventilar tu armario emocional, piensa
en Emmi, la que ironiza con seguridad sobre su inseguridad.

Treinta segundos después
Re:

¿Así que «Pam» te acompaña a Londres?

Cuarenta segundos después
Fw:

Ella ya está allí.

Treinta segundos después
Re:

¡Oh, qué práctico! Pues entonces... ¡buen aterrizaje! ¡Y buenas noches!

Veinte segundos después
Fw:

Buenas noches, Emmi.

Capítulo 4

Cuatro semanas después
Asunto: ¡Hola, Emmi!
Hola, Emmi.
¿Anoche pasaste por casualidad con el avión de hélice por el ático 15 y sacaste fotos? ¿O tan sólo fue una tormenta? En todo caso, pensé en ti y no pude volver a dormirme. ¿Cómo estás?
Un abrazo,
Leo

Cinco horas después
Re:
Hola, Leo.
¡Qué sorpresa! No pensé que después del «encuentro» harto digerido y un mes de silencio te animarías de nuevo a escribirme un mensaje. ¿A quién se lo escribes en realidad? ¿Y en quién piensas cuando piensas en mí (porque los rayos y los truenos hicieron que te acordaras de mí de un modo encantador)? ¿Piensas en tu «ideal» anónimo e incorpóreo de antes, en tu «símbolo supremo del amor», en tu «ilusión de lo perfecto»? ¿O piensas en la mujer tímida, de mirada velada, que viste en el café? (Si respondes dentro de las próximas cuatro semanas, daré un paso más y te preguntaré QUÉ piensas concretamente cuando piensas en alguna de nosotras dos.)
Un abrazo,
Emmi

Treinta minutos después
Fw:
Pienso en aquella Emmi que, con unas yemas tan delicadas que parece que fueran a escurrírsele de los dedos, cada medio minuto se aparta mechones imaginarios de los ojos y se los pasa detrás de la oreja, como si de esa manera quisiera quitarle el velo a su mirada, para ver por fin las cosas con la misma nitidez y claridad con que es capaz de describirlas desde hace tiempo. Y me pregunto una y mil veces si esa mujer será feliz en su vida.

Diez minutos después
Re:
Querido Leo:
Un mensaje como ése cada día, y sería la mujer más feliz del mundo.

Tres minutos después
Fw:
Gracias, Emmi. Pero lamentablemente la felicidad no se compone de mensajes de correo electrónico.

Un minuto después
Re:
¿De qué entonces? ¿De qué se compone la felicidad? ¡¡¡Dímelo, me gustaría muchísimo saberlo!!!

Cinco minutos después
Fw:
De seguridades, intimidades, puntos en común, atenciones, vivencias, inspiraciones, ideas, fantasías, desafíos, objetivos. Y te aseguro que la lista está incompleta.

Tres minutos después
Re:
¡Huy!, eso suena a estrés puro, a decatlón moderno, a semanas deportivas de la felicidad con un certamen de las virtudes y funciones que le sirven de base. En ese caso prefiero cada día un mensaje de Leo con un mechoncillo imaginario. ¡Que pases una buena tarde! Qué bien que todavía no me hayas olvidado.
Un beso en la mejilla,
Emmi

Al día siguiente
Asunto: Pregunta
Querido Leo:
¡Tú sabes qué te preguntaré ahora!

Veinte minutos después
Fw:
Por la firmeza con que pones los signos de admiración, tengo una sospecha.

Un minuto después
Re:
Y bien, Leo, ¿qué quiero preguntarte?

Tres minutos después
Fw:
«¿Qué tal estuvo Londres?»

Un minuto después
Re:

¡Ah, Leo! Así lo expresarías tú tal vez. Pero ya sabes que a mí me gusta llamar a las cosas por su nombre. Conque ¿qué pasa con «Pam»?

Cincuenta segundos después
Fw:

«Pam», en primer lugar, no lleva comillas. Pam, en segundo lugar, se llama Pamela. ¡Y Pamela, en tercer lugar, no es una cosa!

Dos minutos después
Re:

¿La amas?

Tres horas después
Sin asunto

Pues sí que tienes que pensártelo mucho.

Diez minutos después
Fw:

Emmi, quizá aún sea demasiado pronto para hablar de eso, mejor dicho, para hablar sobre eso.

Tres minutos después
Re:

Lo has expresado de manera muy hábil, querido Leo. Ahora puedo escoger. ¿Leo quiere decir: es demasiado pronto para hablar de amor? ¿O quiere decir: es demasiado pronto para hablar con Emmi sobre «Pam», disculpa, Pamela?

Cinco minutos después
Fw:

Con certeza, lo segundo, querida Emmi. Tu rápida recaída en «Pam» indica que por lo visto aún no estás lista para hablar de ello conmigo. Es que ella no te cae bien. Tienes la sensación de que te quita a tu compañero de correo electrónico, ¿verdad?

Cinco horas después
Sin asunto

Ahora eres TÚ la que tiene que pensar mucho cómo desmientes esta sospecha, querida mía.

Quince minutos después
Re:

De acuerdo, tienes razón. No me cae bien, en primer lugar porque no la conozco, así que me resulta más fácil, en segundo lugar porque me esfuerzo por imaginármela lo más asquerosa posible, en tercer lugar porque lo consigo, y en cuarto lugar: pues sí, porque ella me quita lo que me queda de ti, los restos escritos, los vestigios de esperanza. Esperanza de..., de..., ni idea de qué, simplemente esperanza. Pero te lo aseguro: si la amas, aprenderé a quererla. ¿Hasta entonces me permites volver a decir «Pam» un par de veces? No sé por qué, pero me hace bien. Y hay otra cosa que también me hace bien, querido mío: cuando escribes «querida mía». Es que lo tomo al pie de la letra. Sí, eso también lo consigo, a veces.
Que duermas bien.

Tres minutos después
Fw:
Tú también, querida mía.

Dos días después
Asunto: Te escribo ahora
Emmmmmmmi, estoy borracho. Y estoy solo. Grave error.
Nunca hay que hacer esas dos cosas. O estar solo, o estar
borracho, pero nunca las dos cosas al mismo tiempo. Grave error. «¿La amas?», preguntaste. Sí, la amo cuando está
conmigo. O digámoslo de otro modo: la amaría si estuviera conmigo. Pero no lo está. Y yo no puedo estar con
ella cuando ella no está conmigo. ¿Comprendes, Emmi?
No es posible que siempre ame sólo a mujeres que no están conmigo cuando yo estoy con ellas, cuando yo las
amo. ¿Londres? ¿Que qué tal estuvo Londres? Sí..., ¿qué
tal estuvo Londres? Cinco días mitigando la nostalgia
acumulada, seis días temiendo la nostalgia futura. Así estuvo Londres. Pamela quiere venir a vivir conmigo. Llá-
mala «Pam», puedes llamarla «Pam» si quieres. ¡Sólo tú
puedes! Pamela quiere venir a vivir conmigo. Quiere vivir
conmigo, pero ¿lo hace? No puedo vivir siempre de las
intenciones de una mujer que amo. Quiero vivir con la
mujer que amo. Vivir y amar, las dos cosas al mismo tiempo. Nunca una sin la otra. Estar borracho o estar solo,
nunca las dos cosas al mismo tiempo. Siempre una sin la
otra. ¿Comprendes lo que quiero decir, Emmi? Espera un
momento, me serviré otra copa. Vino tinto, Bordeaux, la
segunda botella, sabe a Emmi, como siempre. ¿Recuerdas? ¿Sabes, Emmi? Tú eres la única. Eres la única, la única, la única, la... Es difícil de explicar. Ya estoy un poco
borracho. Tú eres la única que está cerca de mí aunque no
esté conmigo, pues yo también estoy con ella cuando ella
no está conmigo. Y tengo que decirte algo más, Emmi.
No, no lo haré, tú tienes familia. Tienes un marido que te

ama. En aquel entonces te esfumaste. Lo elegiste a él, y elegiste bien. Quizá piensas que te falta algo. Pero no te falta nada. Tienes las dos cosas, vivir y amar. Yo también tengo las dos cosas: estar solo y estar borracho. Grave error.

Bueno, te lo diré. Me he esforzado mucho, muchísimo, no quería que me gustaras. No quería. No quería que no me gustaras, y no quería que me gustaras. No quería nada de nada. No quería verte. ¿Para qué? Tú tienes a Bernhard y a los niños. Yo tengo a Pamela. Y cuando ella no está, tengo el Bordeaux. Pero te diré algo: tienes un hermosísimo..., por ejemplo, un hermosísimo rostro. Mirando eres mucho más inocente que escribiendo. No, no es que escribas de manera culpable, pero a veces escribes con mucha dureza. Sin embargo, tu rostro es suave. Y bonito. Y no sé si eres feliz. No lo sé, no lo sé, no lo sé. Pero debes de serlo. Puedes vivir y amar, las dos cosas al mismo tiempo. Yo estoy solo y me siento mal. ¿Y qué tengo de Pamela si está tan lejos que dejo de sentir que está conmigo? ¿Me comprendes? Me voy a dormir. Pero hay algo que debo decirte: ayer soñé contigo y vi tu verdadero rostro. Me dan igual tus pechos, grandes, pequeños, medianos, da igual. Pero no tus ojos ni tu boca. Y tampoco tu nariz. La manera en que me mirabas, me hablabas y me olías. Eso no me da igual. Y, de todas maneras, cada palabra que me escribes es ahora tu olor y tu mirada y tu boca. Ahora me voy a dormir. Te enviaré este mensaje y luego me iré a dormir. Espero dar con la tecla indicada. Estás muy cerca de mí, te beso. Y ahora me voy a dormir. ¿Dónde está la tecla?

Cinco minutos después
Asunto: Te he escrito
Querida Emmi:
Te he mandado un mensaje. Espero que lo hayas recibido. No, espero que no lo hayas recibido. O sí. Pues da

igual, es como es, lo leas o no. Y ahora me voy a dormir. Estoy un poco borracho.

A la tarde siguiente
Asunto: ¡Querido mío!
Querido Leo:
Anoche recibí un mensaje tuyo. ¿Lo sabías? ¿Lo has leído hoy? ¿Lo guardaste? Si no lo hiciste, te lo enviaré. ¡¡Eres un hombre cariñoso!! Deberías emborracharte más a menudo. Cuando estás borracho, eres tan, tan, tan... compañero.
Emmi

Una hora después
Fw:
Gracias, Emmi. Por la mañana temprano, con la cabeza pesada y el estómago revuelto, me he enterado de lo que te dispensé en estado de embriaguez. Y, Emmi, «¿quieres que te diga algo?». Curiosamente, no me avergüenzo de ello. Es más, en cierto modo me siento aliviado. Expresé cosas que tenía guardadas hacía mucho tiempo. Me alegro de que ahora estén fuera. ¿Y quieres que te diga otra cosa? Me alegro de haberte dicho esas cosas A TI. Bueno, y ahora voy a hacerme una manzanilla.
Buenas noches, querida mía. Y disculpa si me pasé de la raya.

A la mañana siguiente
Asunto: Segundo intento
Leo, quiero quedar contigo otra vez. Otra vez un café. Sólo un café en un café. Nada más. ¡Di que sí! Podemos hacerlo mejor que la última vez.
Que tengas un buen día, querido mío.

Diez horas después
Asunto: Café
Hola, Leo.
¿Dónde estás? Espero que no a solas contigo en estado de coma Bordeaux. Te recuerdo mi pregunta de esta mañana: un nuevo intento de café, ¿sí o no? Yo estoy a favor del «sí». ¿Tú? En caso de igualdad de votos decide el que calza el número más pequeño. ¿Serías tan amable de comunicarme hoy mismo tu voto (aunque estés sobrio)? Me gustaría dormirme con tu respuesta.
Te mando un beso en la mejilla,
Emmi, la de rostro suave

Dos horas después
Sin asunto
¡¡¡Leo, contesta, por favor!!!

Una hora después
Sin asunto
¿Es necesario esto, Leo? ¡Me vuelve loca esperar respuestas tuyas urgentes! Escribe «sí», escribe «no», escribe «¡puf!», escribe algo, ¡pero escribe! Si no, dentro de poco aterrizará un avión de hélice en la terraza del ático 15. ¡Te lo advierto!
Emmi

A la mañana siguiente
Asunto: Brutal
Gracias, Leo. Gracias por esta noche inolvidable. No pegué ojo.

Diez segundos después

Fw:

AVISO DE CAMBIO DE DIRECCIÓN. EL DESTINATARIO YA NO PUEDE ACCEDER A SU CORREO. LOS MENSAJES NUEVOS SE BORRARÁN AUTOMÁTICAMENTE DE LA BANDEJA DE ENTRADA. EN CASO DE DUDA CONSULTE CON EL ADMINISTRADOR DEL SISTEMA.

Tres minutos después

Re:

Leo, por favor, dime que en tus esfuerzos por hacer bromas de mal gusto estás intentando explorar tus límites. Si me contestas ahora mismo, te perdonaré antes de fin de año. Emmi

Diez segundos después

Fw:

AVISO DE CAMBIO DE DIRECCIÓN. EL DESTINATARIO YA NO PUEDE ACCEDER A SU CORREO. LOS MENSAJES NUEVOS SE BORRARÁN AUTOMÁTICAMENTE DE LA BANDEJA DE ENTRADA. EN CASO DE DUDA CONSULTE CON EL ADMINISTRADOR DEL SISTEMA.

Un minuto después

Re:

¿Por qué me haces esto?

Diez segundos después

Fw:

AVISO DE CAMBIO DE DIRECCIÓN. EL DESTINATARIO YA NO PUEDE ACCEDER A SU CORREO. LOS MENSAJES NUEVOS SE BORRARÁN AUTOMÁTICAMENTE DE LA BANDEJA DE ENTRADA. EN CASO DE DUDA CONSULTE CON EL ADMINISTRADOR DEL SISTEMA.

Capítulo 5

Asunto: Prueba
Hola, Emmi.
¿Te llega esto?
Leo

Treinta minutos después
Re:
Sí, me llega. Pero ¿quieres que te diga algo, querido Leo?
Me han llegado de ti cosas mejores que las de estos últimos días. ¿Qué te pasa? ¿Dónde estabas? ¿Qué estás probando? ¿Qué es lo que haces? ¿Por qué me mandas al administrador del sistema? Ya pensaba que habías vuelto a escaparte a Boston.

Dos minutos después
Fw:
Lo siento, Emmi. ¡Lo siento mucho! Por lo visto se produjo un error grave de *software*. Sin querer dieron de baja mi Outlook. Quizá no haya cumplido algún plazo. Desde hace tres días no aparecen más entradas. ¿Me has escrito?

Doce minutos después
Re:
Sí, Leo. Te escribí. Te pregunté algo. Esperé tu respuesta durante dos días y medio. Me preocupé por ti como en los me-

jores momentos antes de tu huida a Estados Unidos. Hasta te llamé por teléfono. No pensaba hablar contigo, sólo quería oír tu voz, pero «el abonado ha cambiado su número». Derramé lágrimas secas por ti. Esbocé sonrisas histéricas por ti. Pensé que lo que nunca había empezado ya había acabado por segunda vez. Ésos fueron los puntos culminantes de mi poco agradable existencia durante tu error grave de *software*. Como si no hubiera ya bastantes motivos reales de separación, el sistema, que ha asumido nuestro control, siempre añade algún otro. Es espantoso el terreno en que nos movemos. Ahora estoy agotada. Buenas noches. Me alegra que estés ahí de nuevo. Me alegra y me tranquiliza.

Tres minutos después
Fw:
Querida Emmi:
Me da pena haberte hecho daño, créeme. Fue un caso de fuerza mayor: técnica informática. Tan pronto separa como une. Contra eso no podemos hacer nada con nuestros sentimientos. Perdóname. Y que duermas bien, querida mía.

A la mañana siguiente
Asunto: Tu pregunta
Buenos días, Emmi. Acabo de hablar con un «especialista»: el «sistema» funciona bien otra vez. Espero que hayas dormido a tu gusto. ¡Ah, sí! Dices que me preguntaste algo. ¿Qué querías saber?
Un abrazo,
Leo

Una hora después
Re:
En escasas palabras: ¿hoy, a las 15, en el café Huber?

Treinta minutos después

Fw:

Sí, pero (...). No, sin peros. ¡Sí!

Veinte minutos después

Re:

¡Muy bien! ¿Y para esa interesante cadena causal has tardado treinta minutos, querido mío? ¿SÓLO treinta minutos? ¿Me permites analizar? Primero un «sí» de la afirmación aparentemente decidida. Luego una coma del esperable añadido. Luego un «pero» de la anunciada restricción. Luego un paréntesis redondo del arte formal escrito. Luego tres puntos de la misteriosa diversidad de ideas. A continuación, suficiente disciplina para cerrar el paréntesis y envolver la confusión anónima. A continuación, un punto conservador, para mantener el orden exterior en el caos interno. Luego, de repente, un obstinado «no» de la negativa aparentemente decidida. De nuevo, una coma del inminente complemento. A continuación, un «sin» del rechazo intransigente. Luego más «peros», peros que se disipan, peros que sólo están ahí para demostrar que no hay más peros. Todas las dudas insinuadas. Ninguna duda expresada. Todas las dudas expulsadas. Al final hay un valiente «sí» con obstinados signos de admiración. Resumiendo: «Sí, pero (...). No, sin peros. ¡Sí!». Qué magnífico rondó de tu veleidad. Qué fascinante ronda de tu proceso de decisión desarrollado en público. Este hombre sabe exactamente que no sabe lo que quiere. Y sabe transmitir mejor que nadie ese saber a la persona afectada. Y todo ello en treinta minutos insignificantes. ¡Estupendo! Por algo te mandaron a estudiar psicología del lenguaje, querido Leo.

Tres minutos después
Fw:
¿Y tú sabes lo que quieres?

Treinta segundos después
Re:
Sí.

Cuarenta segundos después
Fw:
¿Qué quieres?

Cincuenta segundos después
Re:
A ti (para ir a tomar un café otra vez). ((Ya ves, yo también domino el juego de los paréntesis.))

Treinta segundos después
Fw:
¿Por qué?

Un minuto después
Re:
Porque yo hago lo mismo que tú, aunque por lo visto tú sólo puedes confesártelo a ti mismo, abrir paréntesis, y a mí, cerrar paréntesis, en estado de ebriedad.

Cuarenta segundos después
Fw:
¿Qué haces?

Treinta segundos después
Re:

Interesarme por ti.

Cuarenta segundos después
Fw:

Sí, querida Emmi. Sin peros, sin puntos, sin paréntesis. Simplemente: sí, exacto, te has dado cuenta. Me intereso por ti.

Un minuto después
Re:

Excelente, querido Leo. En tal caso, se cumplen los requisitos para que volvamos juntos al café, creo yo. ¿A las tres?

Veinte segundos después
Fw:

Sí. Abrir paréntesis. Signo de admiración. Signo de admiración. Cerrar paréntesis. A las tres.

Capítulo 6

A medianoche
Asunto: Tú
Querido Leo:
Esta vez soy yo la (primera) que agradece. Gracias por esta tarde. Gracias por haberme dejado mirar dentro de tu armario emocional por una estrecha rendija. Lo que he podido ver me ha convencido de que eres tú el que escribe. Te he conocido, Leo. Te he reconocido. Eres el mismo. Eres la misma persona. Eres real. ¡Me caes muy bien! Que duermas bien.

Veinte minutos después
Fw:
Querida Emmi:
En la palma de mi mano izquierda, más o menos en el centro, donde la línea de la vida, surcada por gruesas arrugas, dobla hacia la arteria, allí hay un punto. Lo examino, pero no puedo verlo. Lo miro fijamente, pero no se deja sujetar. Sólo puedo tocarlo. También lo noto con los ojos cerrados. Un punto. La sensación es tan intensa que me da vértigo. Si me concentro en él, su efecto se expande hasta los dedos de los pies. Me produce hormigueo, me hace cosquillas, me da calor, me excita. Estimula mi circulación, dirige mi pulso, determina el ritmo de los latidos de mi corazón. Y en la cabeza surte su efecto embriagador como una droga, amplía mi conciencia, extiende mi horizonte. Un punto. Tengo ganas de reír de alegría, por lo bien que me hace. Tengo ganas de llorar

de felicidad, porque lo poseo y porque me embarga y me colma hasta la médula. Querida Emmi, en la palma de mi mano izquierda, donde se encuentra ese punto, esta tarde —debían de ser aproximadamente las cuatro— tuvo lugar un incidente en la mesa de un café. Mi mano iba a coger un vaso de agua, cuando vinieron de frente los dedos ligeros de otra mano más suave, intentaron frenar, intentaron evitarla, intentaron impedir la colisión. Por poco lo logran. Por poco. Durante una fracción de segundo, la delicada yema de un dedo que pasaba volando fue arrollada por la palma de mi mano que iba a tomar el vaso. Ello dio como resultado un leve roce. Lo he grabado en mi memoria. Nadie me lo quita. Te siento. Te conozco. Te reconozco. Eres la misma. Eres la misma persona. Eres real. Eres mi punto. Que duermas bien.

Diez minutos después
Re:

¡¡¡Leo!!! ¡Qué bonito! ¿Dónde se aprende una cosa así? Ahora necesito un whisky. No te molestes en contestarme. Vete a dormir. Y no olvides el punto. Lo mejor sería que cerraras el puño de la mano izquierda. Así estará protegido.

Cincuenta minutos después
Asunto: Tres whiskys y yo
Querido Leo:
Nos hemos quedado un rato despiertos y hemos charlado sobre ti, el Leo físico (nosotros: tres whiskys pequeños y yo). Al primer whisky y a mí nos llamaba la atención que en mi presencia te hayas esforzado bastante por estar controlado, en lo que a palabras, gestos y miradas se refiere. No era necesario, ha opinado el primer whisky, que me

conoce bien (por desgracia, entretanto se ha acabado). El segundo whisky, también extinto ya, expresó la sospecha de que hace tiempo decidiste no intimar nunca conmigo más allá del correo electrónico y de la mitad de una mesa bien iluminada, protegida por decenas de testigos oculares. Dentro de ese marco, nuestra conversación esta vez fue gratamente cálida, cordial, auténtica, personal, casi íntima y hasta media hora más larga de lo previsto, opinó el segundo whisky. Dijo que había buenas posibilidades de que mantuviéramos esta clase de encuentros dominicales en el café hasta la edad de jubilación, para luego hacer solitarios juntos o incluso jugar al tarot, siempre y cuando participen nuestras parejas (seguro que «Pam» tiene un talento natural).

Pues bien, el tercer whisky, ya un poco obsceno, se ha planteado qué pasa con tus sensaciones físicas (él las ha llamado de manera rimbombante «libido», yo he replicado que no debía de ser tanto). Me ha preguntado si yo creía posible que sólo me encontraras atractiva a partir de un grado de alcoholemia Bordeaux de 3,8 aproximadamente. Pues con café y agua no demostraste ningún interés por mi aspecto físico. He contestado: «En eso sin duda te equivocas, whisky. Leo es un hombre capaz de concentrar todas sus sensaciones, de la intensidad y de la clase que sean, en un único punto en el centro de la palma de su mano. En todo caso, es un hombre al que nunca se le ocurriría darle a una mujer que le gusta la impresión de que le gusta y, menos todavía, decirle a la cara: me gustas. Le parecería demasiado torpe». A lo cual el tercer whisky ha replicado: «Seguro que a Pamela se lo ha dicho miles de veces». ¿Sabes lo que he hecho entonces con el tercer whisky, querido Leo? Lo he aniquilado. Y ahora me voy a dormir. ¡Buenos días!

A la mañana siguiente
Asunto: ¡Bueno, Emmi!
¿Qué habías escrito el día después de nuestra cita? Cito:
«Lo de "Gracias, Emmi" estuvo flojo, querido Leo. Muy
flojo. Muy por debajo de tus posibilidades». ¿Y qué dijiste anoche en relación con nuestra segunda cita? Cito:
«Pues con café y agua no demostraste ningún interés por
mi aspecto físico». Eso estuvo flojo, querida Emmi. Muy
flojo. Muy por debajo de tus posibilidades.

Tres horas después
Re:
Lo siento, Leo. Tienes razón, la frase no tiene pies ni ca-
beza. Si la hubieras escrito tú, te habría criticado dura-
mente. Todo el mensaje es desagradable. Frívolo. Confu-
so. Complaciente. Caprichoso. ¡Pfff...! Pero créeme: ¡NO
FUI YO, FUERON LOS TRES WHISKYS! Me duele la cabeza.
Me vuelvo a la cama. ¡Hasta luego!

A la tarde siguiente
Asunto: Bernhard
Lo siento, Emmi. Tengo que volver a medirte en relación
con tus palabras (y las de tus whiskys). Y así te pregunto,
en serio y sin humor, como corresponde a mi naturaleza:
¿por qué quieres que me muestre «interesado en tu aspecto
físico»? ¿Por qué quieres que te diga a la cara «me gustas»?
¿Por qué quieres que intime contigo más allá de la mitad
de una mesa bien iluminada? ¡Tú no puedes pretender que
también me enamore de ti «físicamente» (o libidinosa-
mente, como dice el alcohol)! ¿Qué sacarías tú de eso? No
lo comprendo, tienes que explicármelo. En realidad, tienes
que explicarme varias cosas, querida mía. Con café volviste
a evitarme con elegancia. Desde hace meses, por no decir
desde Boston, evades el tema. Pero ahora quiero saberlo.

Sí, de verdad quiero saberlo. Signo de admiración, signo de admiración, signo de admiración, signo de admiración. He aquí mi catálogo de preguntas número uno: ¿qué pasa con tu relación?, ¿cómo estás con Bernhard?, ¿qué hacen los niños?, ¿cómo vives?, ¿qué constituye tu vida? Catálogo de preguntas número dos: ¿por qué reanudaste el contacto conmigo después de Boston?, ¿qué piensas ahora sobre las circunstancias que condujeron a nuestra separación epistolar?, ¿cómo pudiste perdonar a Bernhard?, ¿cómo pudiste perdonarme a mí? Catálogo de preguntas número tres: ¿qué te falta?, ¿qué puedo hacer por ti?, ¿qué quieres hacer conmigo?, ¿qué quieres que sea para ti?, ¿cómo seguimos?, ¿quieres que sigamos?, ¿hacia dónde? Dime, por favor: ¿HACIA DÓNDE? Tómate unos días para contestar, al menos tiempo tenemos de sobra.

Que pases una buena tarde,

Leo

Cinco horas después

Asunto: Impresión e impronta

Unas palabras más sobre mi inexistente o irreconocible «interés por tu aspecto físico», querida Emmi. Haz el favor de darle el recado a tus ex y futuros whiskys: «Me gustas». Te lo digo con 0,0 de alcohol en sangre. Es bonito verte. Eres hermosísima. Y por suerte puedo echarte un vistazo a cualquier hora. No sólo tengo mil impresiones de ti, también tengo una impronta tuya. Tengo un punto de contacto en la palma de mi mano. Puedo contemplarte en él. Hasta puedo acariciarte. Buenas noches.

Tres minutos después

Re:

Tu pregunta «¿qué puedo hacer por ti?» acabas de responderla tú mismo. ¡Acaricia mi punto de contacto, querido!

Un minuto después
Fw:

Ya lo hago. Pero no lo hago por ti, sino por mí. Pues este punto puedo sentirlo únicamente yo. ¡Me pertenece, querida!

Cincuenta segundos después
Re:

¡Te equivocas, querido! Para que exista un punto de contacto siempre hacen falta dos. 1) El que es tocado. 2) El que toca. Buenas noches.

Tres días después
Asunto: Catálogo de preguntas número uno

Fiona va a cumplir dieciocho. El año que viene termina el instituto. Sólo hablo con ella en inglés y francés para que practique. Desde entonces no me dirige la palabra. Quiere ser azafata o concertista de piano. Yo le sugiero una combinación: que sea pianista de avión, como pianista voladora no tendría competencia. Es guapa, delgada, de estatura mediana, rubia, de piel blanca, pecosa como su madre. Lleva medio año «saliendo» con Gregor. Salir con Gregor significa que todas las personas de sexo masculino o femenino con las que trasnocha se llaman «Gregor». Oficialmente pasa todas las noches con él. El pobre no sabe nada ni saca nada de eso. «¿Qué hacéis todo el tiempo?», le pregunto. Ella sonríe del modo más malicioso posible. «Sexo» en estado insinuado sigue siendo la mejor explicación para los adolescentes que se niegan a brindar información. Se explica por sí mismo. Fiona no necesita decir nada al respecto. Sólo debe soportar algunos monólogos profilácticos de educación sexual.

Jonas tiene catorce. Aún es un niño. Es sensible y afectuoso. Echa de menos a su madre, me necesita muchísimo. Mantiene unida a la familia, firmemente, haciendo un gran esfuerzo. Le falta energía para el colegio. Me pregunta cada día si aún quiero a su padre. No tienes ni idea, Leo, de cómo me mira cuando me lo pregunta. Para él no hay nada más bonito que vernos a nosotros dos felices, él es nuestro centro. A veces me arroja literalmente en brazos de su padre. Quiere forzar nuestra unión. Siente que poco a poco la estamos perdiendo.

¡Bernhard, sí, Bernhard! ¿Qué decir, Leo? ¿Y por qué decírtelo a ti, justamente a ti? Ya bastante me cuesta reconocerlo a mí. Nuestra relación se ha enfriado. Ha dejado de ser un asunto del corazón para convertirse en pura disciplina mental. No tengo nada que reprocharle, por desgracia. Nunca muestra sus puntos débiles. Es la persona más bondadosa y desinteresada que conozco. Me cae bien. Aprecio su decencia. Valoro su amabilidad. Le admiro por su serenidad e inteligencia.

Pero no, ya no es el «gran amor». Tal vez nunca lo haya sido. Sin embargo, nos gustaba tanto representarlo..., hacérnoslo creer mutuamente, estimularnos así el uno al otro, demostrárselo a los niños para que se sintieran protegidos. Al cabo de doce años de trabajo escénico, nos hemos cansado de nuestro papel de pareja perfecta. Bernhard es músico. Adora la armonía. Necesita la armonía. Vive la armonía. NOSOTROS la vivimos juntos. Yo había decidido ser una parte del todo. Si me salgo, derribo todo lo que habíamos creado. Bernhard y los niños ya han vivido una vez un cataclismo semejante. No puede pasar otra vez. No puedo hacerles eso. No puedo hacérmelo A MÍ. Jamás me lo perdonaría. ¿Comprendes?

Un día después
Asunto: ¿Leo?
Hola, querido.
¿Te has quedado sin habla? ¿O esperas pacientemente la segunda y la tercera parte de mi saga familiar?

Cinco minutos después
Fw:
¿Lo hablas con él, Emmi?

Seis minutos después
Re:
No, lo callo con él, Leo. Eso potencia el efecto. Ambos sabemos perfectamente de qué se trata. Intentamos hacer lo mejor que podemos. No creas que soy muy infeliz, Leo. Mi corsé me es familiar. Me fortalece y me protege. Sólo debo tener cuidado de que un día no me falte el aire.

Tres minutos después
Fw:
¡Emmi, tienes treinta y cinco años!

Cinco minutos después
Re:
Treinta y cinco y medio. Y Bernhard tiene cuarenta y nueve. Fiona, diecisiete. Jonas, catorce. Leo Leike, treinta y siete. Hektor, el bulldog de la señora Krämer, tiene nueve. ¿Y Vasíliev, la tortuguilla de agua de los Weissenbacher? Tengo que preguntar, recuérdamelo, Leo. Pero ¿qué quieres decir con eso? ¿Acaso con treinta y cinco no soy lo bastante mayor para ser consecuente? ¿Con treinta y cinco no soy lo bastante mayor para seguir siendo responsable? ¿No soy lo bastante mayor para saber qué me debo a mí y a los míos, qué debo aceptar para ser fiel a mí misma?

Cuatro minutos después

Fw:

En todo caso, eres demasiado joven para andar teniendo cuidado de que un día no te falte el aire con tu ajustado corsé, querida mía.

Un minuto después

Re:

Mientras Leo Leike se encargue de proveerme de aire fresco desde fuera por correo electrónico, e incluso a veces en vivo, en la mesa del café, no voy a ahogarme.

Dos minutos después

Fw:

Ésa ha sido una buena transición, querida Emmi. ¿Me permites recordarte que muchas de mis preguntas siguen sin respuesta? ¿Las has guardado o necesitas que vuelva a enviártelas?

Tres minutos después

Re:

He guardado todo lo que me has escrito, querido mío. Por hoy es suficiente. ¡Buenas tardes, Leo! Eres un buen oyente. Gracias.

Al día siguiente

Asunto: Catálogo de preguntas número tres

Tu extraño catálogo de preguntas número dos lo dejo para el final. Prefiero saltar ahora mismo al presente.

¿Qué me falta, Leo? Me faltas tú. (Desde antes de saber que existías.)

¿Qué puedes hacer por mí? Estar ahí. Escribirme. Leerme. Pensar en mí. Acariciar mi punto de contacto.

¿Qué quiero hacer contigo, Leo? Eso depende de la hora del día. En general: tenerte en la cabeza. A veces, también debajo.

¿Qué quiero que seas para mí? Huelga la pregunta. Ya lo eres.

¿Cómo seguimos? Como hasta ahora.

¿Si quiero que sigamos? Sin falta.

¿Hacia dónde? Hacia ninguna parte. Simplemente, seguimos. Tú vives tu vida. Yo vivo mi vida. Y el resto lo vivimos juntos.

Diez minutos después
Fw:
Pues en ese caso ya no quedará mucho para «nosotros», querida mía.

Tres minutos después
Re:
Eso depende de ti, querido mío. Yo tengo grandes reservas.

Dos minutos después
Fw:
Reservas de vacío. No podré llenarlas, querida mía.

Cincuenta segundos después
Re:
Ni te imaginas lo que puedes llenar, querido mío, lo que puedes llenar y lo que has llenado ya. No lo olvides: dispones de armarios emocionales que pesan una tonelada. Lo único que tienes que hacer es ventilarlos de vez en cuando.

Quince minutos después
Fw:

Lo que me interesaría saber es lo siguiente: ¿ha cambiado algo para ti después de nuestras dos citas, Emmi?

Cuarenta segundos después
Re:

¿Para ti?

Treinta segundos después
Fw:

Primero tú: ¿para ti?

Veinte segundos después
Re:

No, tú primero: ¿para ti?

Un minuto después
Fw:

Está bien, primero yo. Pero antes debes contestarme las preguntas pendientes. Es una oferta justa, querida mía.

Cuatro horas después
Asunto: Catálogo de preguntas número dos

Está bien. Acabemos con esto:

1) ¿Por qué reanudé el contacto contigo después de Boston? ¿Que por qué? Porque los tres trimestres «Boston» fueron los tres peores trimestres desde la división oficial del año en cuatro trimestres. Porque el hombre de las palabras había salido subrepticiamente de mi vida sin decir palabra. Como un cobarde, por una puerta falsa en

el correo saliente, cerrada con uno de los más crueles mensajes de la comunicación contemporánea. Aquellas palabras siguen acompañándome hasta ahora en mis sueños (y vuelven a aparecer en mi bandeja de entrada siempre que la tecnología nos juega una mala pasada): AVISO DE CAMBIO DE DIRECCIÓN, blablablá. Leo, nuestra «historia» no había acabado todavía. La huida nunca es el final, sólo su retraso. Tú lo sabes muy bien. De lo contrario, no me habrías contestado nueve meses y medio después.

2) ¿Qué pienso ahora de las circunstancias que condujeron a nuestra separación epistolar? ¿Qué pregunta es ésa, Leo? ¿Qué clase de circunstancias van a haber sido? El asunto conmigo se había vuelto demasiado para ti, demasiado o demasiado poco. Demasiado poco para tu inversión emocional, para tus gastos ilusorios. Demasiado para la ganancia práctica, para tus ingresos reales. La empresa Emmi dejó de ser rentable. Habías perdido la paciencia conmigo. Ésas, querido Leo, fueron las circunstancias que condujeron a nuestra separación epistolar.

3) Aquí se pone muy interesante: ¿cómo pude perdonar a Bernhard? Leo, he leído esa pregunta por lo menos veinte veces. No la entiendo, de verdad. ¿QUÉ podría haber tenido que perdonarle? ¿Que sea mi marido? ¿Que haya sido un estorbo para nuestro amor epistolar? ¿Que a fin de cuentas te haya hecho huir por el hecho de existir? ¿A qué se refiere tu pregunta, Leo? Tienes que explicármelo.

4) Bueno, y para terminar: ¿cómo pude perdonarte a ti? ¡Ah..., Leo! Soy corruptible. Me mandas unos mensajes bonitos... y te lo perdono todo, hasta las pausas intencionadas de nueve meses y medio.

¡¡Ya está!!

Diez minutos después
Sin asunto

Bueno, querido mío, y ahora dime si ha cambiado algo
para ti después de nuestras citas. (Y, desde luego, qué.)
Un beso en la mejilla y un roce en el punto de contacto
de la palma de la mano,
Emmi

Capítulo 7

A la tarde siguiente
Asunto: ¿Leo?
¿Leo?

A la mañana siguiente
Asunto: Toque de diana
¿Leo?
¿Leeeooo?
¿¿Leo eo eo eo eo eo eo eo eeeeeeeeeooooooooooo??
¿¿¿Le e e e e e e eeeeeeeeeeeeeeeeeeeeeooooooooooooo-
ooooooo???

Once horas después
Asunto: Cita
Querida Emmi:
¿Podemos volver a vernos? Tengo que decirte algo. Creo
que es importante.

Diez minutos después
Re:
¡«Pam» está embarazada!

Tres minutos después
Fw:
No, Pamela no está embarazada. Pamela no tiene nada que ver con esto.
¿Tienes un momento mañana o pasado mañana?

Un minuto después
Re:
¡Qué dramático suena! Si es una buena noticia, la que de repente te ha entrado tanta prisa por darme personalmente: ¡sí, tengo «un momento»!

Dos minutos después
Fw:
No es una buena noticia.

Cuarenta segundos después
Re:
Entonces comunícamela por escrito. ¡Pero hazlo hoy mismo, por favor! Mañana me espera un duro día. Necesito dormir por lo menos un par de horas.

Dos minutos después
Fw:
Por favor, Emmi, es mejor que hablemos de esto con toda calma en los próximos días. Y ahora no te rompas la cabeza y ve a la cama, ¿sí?

Cuarenta segundos después
Re:

Leo, me gusta que me entretengan. Pero no con buenas palabras. No tú. No de esa manera. No diciéndome «No te rompas la cabeza y ve a la cama». ¡Así que habla de una vez!

Treinta segundos después
Fw:

Créeme, Emmi, no es un tema para el correo de las buenas noches. Es algo de lo que tenemos que hablar cara a cara. No importan unos días más o menos.

Cincuenta segundos después
Re:

¡¡¡L. L., A. A.!!!
(¡¡¡Leo Leike, acláralo ahora!!!)

Diez minutos después
Fw:

De acuerdo, Emmi: Bernhard sabe de nosotros. Al menos sabía de nosotros. Ésa fue la razón por la que me retiré.

Un minuto después
Re:

??? ¿Qué absurda afirmación es ésa, Leo? ¿Qué es lo que sabía Bernhard? ¿Qué había que saber? ¿Y por qué pretendes saberlo tú? Si alguien tenía que saberlo, creo que más bien era yo. Leo, me parece que estás obsesionándote con una estrafalaria teoría conspirativa. ¡Te ruego una aclaración!

Tres minutos después

Fw:

¡Pregúntale a Bernhard, Emmi! ¡HABLA CON ÉL, POR FA-
VOR! No soy yo quien debe aclarar este asunto, sino él. Yo
no sabía que él nunca te lo había dicho. No podía imagi-
narlo. No quería admitirlo. Pensaba que simplemente no
querías hablar conmigo de ello. Pero por lo visto no lo
sabes. Hasta ahora no te lo ha dicho.

Dos minutos después

Re:

Empiezo a estar preocupada por ti, Leo. ¿Desvarías? ¿En
qué han venido a parar tus fantasías? ¿Por qué diablos
debería hablarle a Bernhard de ti? ¿Qué quieres que le
diga? «Bernhard, tenemos que hablar. Leo Leike dice
que tú sabes de él. De él y de mí, para ser exactos. ¿Que
quién es Leo Leike? Pues no lo conoces. Es un hombre al
que ni yo misma había visto nunca y del que jamás te he
hablado. De modo que no puedes conocerlo de nada.
Sin embargo, él insiste en que sabes de él, de nosotros...»
¡Haz el favor de controlarte, Leo, estás poniéndome nerviosa!

Un minuto después

Fw:

Él leyó nuestros mensajes. Después me escribió pidién-
dome que quedara de una vez contigo y luego te dejara
en paz para siempre. Por eso acepté el empleo en Boston.
En resumidas cuentas, eso fue lo que ocurrió. Habría pre-
ferido decírtelo personalmente.

Tres minutos después
Re:

No. Imposible. Bernhard no es así. Jamás haría algo semejante. Dime que no es cierto. No, no puede ser. Leo, no tienes idea de la que estás armando. Mientes. Estás destruyéndolo todo. Es una calumnia terrible. Bernhard no se lo merece. ¿Por qué haces esto? ¿Por qué arruinas todo lo que hay entre nosotros? ¿Es un farol? ¿O una broma? ¿Qué clase de broma?

Dos minutos después
Fw:

Querida Emmi:
Ya no se puede dar marcha atrás. Me odio a mí mismo por esto, pero sólo había dos posibilidades. O la retirada y el silencio de por vida. O la verdad. Demasiado tarde. Imperdonablemente tarde. Es imperdonable, lo sé. Te envío adjunto el mensaje que Bernhard me mandó hace ya más de un año, el 17 de junio, justo después del «colapso» que sufrió durante las vacaciones con los niños en el Tirol.

Asunto: Para el señor Leike
Distinguido señor Leike:
Me cuesta un gran esfuerzo escribirle. Le confieso que me avergüenza hacerlo, y con cada línea será mayor el bochorno que yo mismo me cause. Soy Bernhard Rothner, creo que no hace falta que me presente con más detalles. Señor Leike, me dirijo a usted para pedirle un favor muy grande. Sé que cuando le diga de qué se trata se quedará atónito o incluso escandalizado. A continuación intentaré explicarle los motivos. No soy un excelente escritor. Lamentablemente no lo soy, pero me esforzaré por expresar en esta forma desacostumbrada para mí todo lo que me

tiene preocupado desde hace meses, lo que poco a poco ha ido alterando mi vida, la mía y la de mi familia, también la de mi mujer, cosa que creo poder juzgar bien después de todos los años que hemos vivido en armonía.

El favor que quería pedirle es que se encuentre usted con mi mujer, señor Leike. ¡Hágalo de una vez, por favor, para que acabe esta pesadilla! Somos personas adultas, no puedo exigirle nada. Tan sólo puedo rogarle encarecidamente que se encuentre con ella. Mi inferioridad y mi debilidad me hacen sufrir. No sabe lo humillante que es para mí redactar estas líneas. Usted en cambio no ha mostrado ni la más mínima flaqueza, señor Leike. No tiene nada que reprocharse. Y yo tampoco, desgraciadamente. Desgraciadamente, yo tampoco tengo nada que reprocharle. A un fantasma no se le puede reprochar nada. Usted no es concreto, señor Leike, no es tangible, no es real, es tan sólo una fantasía de mi mujer, ilusión de dicha infinita de los sentimientos, éxtasis apartado de la realidad, una utopía de amor hecha de letras. Contra eso no puedo hacer nada, tan sólo esperar a que el destino sea clemente y acabe convirtiéndolo en una persona de carne y hueso, en un hombre de perfiles definidos, con virtudes y defectos, con puntos sensibles. Hasta que mi mujer no pueda verlo a usted como me ve a mí, como un ser vulnerable, una criatura imperfecta, un ejemplar de la defectuosa especie humana, hasta que no se encuentre usted con ella cara a cara no dejará de ser superior. Sólo entonces tendré la posibilidad de plantarle cara, señor Leike. Sólo entonces podré luchar por Emma.

«No me obligues a hojear mi álbum familiar, Leo», le escribió una vez mi mujer. Pues, en lugar de ella, ahora soy yo quien se ve obligado a hacerlo. Cuando nos conocimos, Emma tenía veintitrés, yo era su profesor de piano en el conservatorio, catorce años mayor que ella, bien casado, padre de dos hijos encantadores. Un accidente de tráfico redujo nuestra familia a un montón de escombros: el pequeño de tres años, traumatizado; la mayor, gravemente herida; yo, con daños permanentes; la madre de los niños, Johanna, mi mujer, muerta. Sin el piano me habría hundido. Pero la música es vida, mientras suene nada muere para siempre. Cuando se es músico y se toca un instrumento, los recuerdos se viven como si fueran hechos inmediatos. Eso me levantaba la moral. También estaban mis alumnos y mis alumnas, tenía una distracción, una tarea, un sentido. Pues sí, y de repente estaba... Emma. Aquella joven vivaz, dinámica, descarada, preciosa, empezó a recoger nuestras ruinas por sí misma, sin esperar nada a cambio. Esas personas excepcionales vienen al mundo para combatir la tristeza. Son muy pocas. No sé qué habré hecho para merecerla, pero de pronto la tenía a mi lado. Los niños la recibieron con los brazos abiertos, sí, y yo me enamoré perdidamente de ella.

¿Y ella? Ahora, señor Leike, se preguntará usted: pues bien, ¿y Emma? ¿Es posible que esa estudiante de veintitrés años también se haya enamorado del caballero de la triste figura que frisaba en los cuarenta y por aquel entonces sólo vivía de teclas y tonos? Ésa es una pregunta que no puedo responder, ni a usted ni a mí mismo. ¿Hasta qué punto fue sólo la admiración por mi música (en aquel tiempo yo tenía mucho éxito, era un concertista de piano muy aplaudido)? ¿Cuánto había de compasión, simpatía, deseos de ayudar, capacidad de estar ahí en los momentos difíciles? ¿Cuánto le recordaba yo a su padre, muerto prematuramente? ¿Cuánto se había encariñado con la dulce Fiona y el adorable Jonas? ¿En qué medida era mi propia euforia la que en ella se reflejaba, en qué medida amaba solamente mi inagotable amor por ella y no a mí? ¿Hasta qué punto disfrutaba con la seguridad de que yo jamás la decepcionaría a causa de otra mujer, con la lealtad de por vida, con mi eterna fidelidad, de la que podía estar segura? Créame, señor Leike, nunca me habría atrevido a acercarme a ella si no hubiese notado que me demostraba un cúmulo de sentimientos tan intensos como yo a ella. De manera patente se sintió atraída por mí y por los niños, quiso formar parte de nuestro mundo, llegó a formar parte de nuestro mundo, una parte fundamental, decisiva, el centro mismo. Dos años más tarde nos casamos. De eso hace ya ocho años. (Perdón, acabo de estropear su jueguecito, he desvelado uno de los tantos secretos: la «Emmi» que usted conoce tiene treinta y cuatro años.) No había día que no me asombrara de tener a mi lado a aquella belleza joven y vital. Y todos los días temía que «ocurriera», que viniese uno más joven, uno de sus muchos pretendientes y admiradores. Y Emma diría: «Bernhard, me he enamorado de otro. ¿Qué hacemos?». Ese problema no apareció. Llegó uno mucho peor. Usted, señor Leike, el silencioso «mundo exterior». Ilusiones de amor por correo electrónico, sentimientos que se intensifican sin cesar, ansia creciente, pasión insatisfecha, todo encaminado a un objetivo que sólo es real en apariencia, un objetivo supremo que se aplaza una y otra vez, la cita de las citas que nunca tendrá lugar, porque superaría la dimensión de la dicha terrenal, la satisfacción absoluta, sin punto final, sin fecha de caducidad, que tan sólo puede vivirse en la mente. Contra eso no puedo hacer nada.

Desde que usted «existe», señor Leike, Emma parece otra. Está ausente y distante conmigo. Se pasa horas y horas en su habitación con los ojos clavados en el ordenador, en el cosmos de sus sueños dorados. Vive en su «mundo exterior», vive con usted. Desde hace tiempo, cuando sonríe radiante, ya no es a mí a quien sonríe. A duras penas consigue ocultar su distracción ante los niños. Me doy cuenta de lo mucho que se esfuerza por quedarse más tiempo conmigo. ¿Sabe cómo duele eso? He intentado superar esta fase con mucha tolerancia. Siempre he procurado que Emma no se sintiese encerrada. Entre nosotros nunca hubo celos. Pero de repente ya no supe qué pensar.

Pues no había nada ni nadie, ninguna persona real, ningún problema real, ningún cuerpo extraño evidente... hasta que descubrí la causa. Se me cae la cara de vergüenza por haber tenido que llegar a tal extremo: registré la habitación de Emma. Y finalmente, en un cajón oculto encontré una carpeta, una gruesa carpeta repleta de papeles: su correspondencia completa con un tal Leo Leike, impresa con mucho esmero, página por página, mensaje por mensaje. Fotocopié esos textos con las manos temblorosas y durante unas semanas logré mantenerlos lejos de mí. Pasamos unas vacaciones espantosas en Portugal. El pequeño enfermó y la mayor se enamoró locamente de un profesor de surf. Mi mujer y yo estuvimos los dos callando sobre el tema, pero cada uno procuraba hacerle creer al otro que todo estaba perfectamente, como siempre, como debía ser, como nos mandaba la costumbre. Entonces no aguanté más. Me llevé conmigo la carpeta a las vacaciones en la montaña... y en un ataque autodestructivo y masoquista leí todos los mensajes en una noche. Desde la muerte de mi primera mujer no sufría un tormento semejante, créame. Tras concluir la lectura, no volví a levantarme de la cama. Mi hija avisó al servicio de socorro. Me llevaron al hospital, de donde mi mujer me recogió anteayer. Ahora ya conoce usted la historia completa.

¡Por favor, señor Leike, encuéntrese con Emma! Aquí llego al máximo de mi miserable humillación: ¡sí, encuéntrese usted con ella, pase una noche con ella, haga el amor con ella! Sé que querrá hacerlo. Se lo «permito». Le doy carta blanca, por la presente le libro de todos los escrúpulos, no lo consideraré infidelidad. Sé que Emma no sólo busca la intimidad espiritual con usted, sino también la física, ella pretende «saberlo», cree que lo necesita, lo anhela. Ése es el deseo irresistible, la novedad, la variación que yo no puedo darle. Con todos los hombres que han admirado y deseado a Emma, no me habría llamado la atención que se sintiera sexualmente atraída por alguno de ellos. Luego veo los mensajes que le escribe a usted. Y de repente comprendo lo intenso que puede ser su deseo si es despertado por el hombre «indicado». Usted, señor Leike, es su elegido. Y yo casi desearía que hiciera el amor con ella alguna vez. ¡UNA VEZ (se lo pido con insistentes mayúsculas, como lo hace mi mujer), UNA VEZ, TAN SÓLO UNA! Deje que se cumpla el objetivo de su pasión escrita. Póngale el punto final. Corone su correspondencia... y después interrúmpala. ¡Devuélvame a mi mujer, hombre del exterior, hombre intangible! Libérela. Tráigala de vuelta a la realidad. Deje que nuestra familia siga existiendo. No lo haga por mí ni por mis hijos. Hágalo por Emma. ¡Se lo ruego!

Así llego al final de mi bochornoso y mortificante grito de socorro, de mi atroz petición de gracia. Un último favor, señor Leike. No me delate. Déjeme fuera de la historia de ustedes dos. He abusado de la confianza de Emma, la he engañado, he leído su correo privado, íntimo. Ya he pagado por ello. No podría mirarla más a los ojos si ella supiera de mi espionaje. Y ella no podría volver a mirarme nunca a los ojos si supiera lo que he leído. Se odiaría a sí misma y también me odiaría a mí. Por favor, señor Leike, ahórrenos eso. Ocúltele este mensaje. Una vez más: ¡se lo ruego!

Ahora le envío a usted la carta más espantosa que he escrito en mi vida.

Muy atentamente,

Bernhard Rothner

Capítulo 8

Tres días después
Asunto: ¿Emmi?
¿Emmi?
(No espero respuesta a esta pregunta. Sólo quiero comunicarte que me la planteo sesenta segundos por minuto.)

Dos días después
Sin asunto
Quizá me desprecias por cada una de las palabras que te he escrito. Quizá me odias por cada una de las letras que sigo enviándote. Pero no puedo evitarlo. ¿Cómo estás, Emmi? Me gustaría mucho estar ahí cuando me necesites. Me gustaría mucho hacer algo útil por ti. Me gustaría mucho saber qué piensas y qué sientes. Me gustaría mucho compartir tus pensamientos y tus sentimientos. Me gustaría mucho descargarte de la mitad de todo, por muy desagradable que sea.

Dos días después
Sin asunto
¿Quieres que deje de escribirte?

Un día después
Sin asunto
¿Qué significa esto, Emmi? Significa que:
— ni tú misma sabes si quieres que te escriba,

— te da igual que te escriba o no,
— definitivamente no quieres que te escriba,
— ya no lees mis mensajes.

Tres días después
Asunto: Viento del norte
De acuerdo, Emmi, lo he entendido, no te escribiré más.
En caso de (...) viento del norte (...), ya sabes (...) siempre. ¡Siempre, siempre, siempre, siempre, siempre!
Un abrazo,
Leo

Cinco horas después
Re:
Hola, Leo.
¿Ya estás durmiendo?

Tres minutos después
Fw:
¡¡¡EMMI!!! ¡¡¡GRACIAS!!!
¿Cómo estás? ¡Dímelo, por favor! No pienso en nada más. Debería terminar un informe de investigación, pero llevo horas sentado frente a la pantalla, con los ojos clavados en el sobrecito de la barra de tareas, esperando un milagro de cuatro letras. Ha ocurrido. Todavía no me lo creo. EMMI. ¡Estás ahí otra vez!

Treinta segundos después
Re:
¿Puedo ir a tu casa?

Un minuto después
Fw:

¿Cómo dices, Emmi? ¿He leído mal? ¿Quieres venir «a mi casa»? ¿Al ático 15? ¿Por qué? ¿Cuándo?

Veinte segundos después
Re:
Ahora.

Cincuenta segundos después
Fw:

Querida Emmi:
¿Lo dices en serio? ¿Estás mal? ¿Quieres desahogarte? Claro que puedes venir. Pero son las dos de la mañana. ¿No sería mejor que nos veamos mañana? Así tendremos más tiempo y la cabeza más despejada. (Al menos yo.)

Veinte segundos después
Re:
¿Puedo ir? ¿Sí o no?

Un minuto después
Fw:

Parece una amenaza, pero sí, claro que sí, Emmi, puedes venir.

Treinta segundos después
Re:
¿Tienes whisky o llevo uno yo?

Cuarenta segundos después
Fw:

Tengo tres cuartos de botella. ¿Te basta? Oye, Emmi, ¿por casualidad no quieres decirme de qué humor estás? Sólo para poder prepararme.

Veinte segundos después
Re:

Lo verás enseguida. ¡Hasta ahora!

Cuarenta segundos después
Fw:

¡Hasta ahora!

A la tarde siguiente
Asunto: Fondo
Querida Emmi:

No creo que hoy estés mejor, ni mejor que ayer ni mejor que yo. Las heridas no duelen menos cuando te obsesionas con repartirlas entre sus posibles causantes. Después de hacerle pagar algo a alguien, siempre te vuelves todavía más pobre de lo que eras. Tu impetuosa actuación, la negación de tu timidez, el desmentido de tu inseguridad, tu «arrebatador deseo», al que yo —como tú bien sabías— no querría ni podría resistirme, tu plan perfectamente ejecutado, tu manera de llevarme al extremo y dejarme caer, como si la intimidad fuese lo menos valioso del mundo, tu partida bien calculada, tu profesional desaparición: todo eso no fueron represalias, fue una única acción desesperada. Tus miradas posteriores querían decir: «Esto es lo que querías desde el principio. Pues ya lo tienes». No, no era eso lo que yo quería, ¡y tú lo sabes! Nunca habíamos estado tan cerca y al mismo tiempo tan lejos. Tocamos fondo. No puedes engañarme, Emmi. No eres la mujer superior, poderosa, audaz, capaz de convertir de ese modo las ofensas en victorias.

En realidad sólo me has castigado con tu silencio. Lo que hasta ahora nos había unido y comprometido eran... palabras. Si todavía te importa algo de mí, Emmi, ¡háblame!

Leo

Tres horas después
Re:

¿Quieres palabras? De acuerdo, aún me quedan unas cuantas. Te las regalo, a mí ya no me sirven para nada. Tienes razón, Leo. Quería demostrárselo a Bernhard. Quería demostrártelo a ti. Y quería demostrármelo a mí. Ahora ya lo sé: soy capaz de engañar. Es más, soy capaz de engañar a Bernhard. Es más, soy capaz de engañar a Bernhard CONTIGO. Es más, mi mayor hazaña ha sido engañarme a la vez a mí misma, sí, tal vez eso sea lo que mejor sé hacer. Por cierto, gracias por haberte prestado al «juego». Sé que no fue tu desenfreno, Leo, fue tu compasión. Me habías ofrecido descargarme de la mitad de mis sentimientos. Anoche lo hiciste admirablemente, considerando lo tensa que era la situación. Las camas compartidas son menos camas. Las penas compartidas son más penas.

Tienes razón, Leo. Hoy no estoy mejor. Estoy más jodida que nunca.

No te puedes imaginar lo que me habéis hecho «vosotros dos», Leo. Estoy perdida y vendida. Mi marido y mi amante virtual sellaron un pacto a mis espaldas: para que uno pudiera conocerme personalmente, el otro, por excepción, hacía la vista gorda; después uno desaparecía para siempre, para que el otro pudiera quedarse conmigo para siempre.

Uno me restituye como un objeto perdido a mi marido, mi legítimo propietario. El otro me permite a cambio «el encuentro tangible»: una aventura sexual con una fantasía de amor antes sólo virtual, por así decir, a modo de gratificación. Un justo reparto, una perfecta separación, un pérfido plan. Y la débil mental de Emmi, tan sometida a la familia como dominada por el espíritu aventurero, jamás se enterará de nada. ¡Ayayay!

Leo, aún no sé lo que significará esto para Bernhard y para mí. Probablemente tú tampoco llegues a saberlo. ¿Y qué significa para «nosotros dos»? Eso sí puedo decírtelo ahora mismo. Y a ti, quien se suponía que era capaz de leer como nadie lo más íntimo de mis pensamientos, a ti no te podía caber la menor duda, ¿no es así? No seas ingenuo, Leo. No hay ningún «milagro de cuatro letras». Sólo hay una consecuencia lógica de tres letras. Tantas veces hemos temblado de pensar en ella... Tanto tiempo la hemos aplazado, disimulado y evitado... Ahora nos ha salido al encuentro y me toca a mí anunciarla: FIN.

Capítulo 9

Tres meses después
Asunto: Sí, soy yo
Hola, Leo.
La cuidadora diplomada de mi deteriorada psique piensa que podría preguntarte alguna vez cómo te va. Pues bien, ¿cómo te va? ¿Qué recado le doy a la atenta terapeuta? ¿AVISO DE CAMBIO DE DIRECCIÓN...? No, ¿verdad?
Saludos,
Emmi

Tres días después
Asunto: Otra vez yo
Hola, Leo.
Acabo de leerle por teléfono a mi terapeuta el mensaje que te envié el martes. Me ha dicho que no me sorprenda si no recibo respuesta. Yo le he contestado que no me sorprendía.
—Pero usted quiere saber cómo está —ha replicado ella.
—Sí.
—Entonces debe preguntárselo de tal modo que exista alguna posibilidad de llegar a saberlo.
—Ya. ¿Y cuál sería la mejor manera de preguntarlo?
—Amablemente.
—Pero yo no me siento amable.
—Claro que sí, se siente más amable de lo que está dispuesta admitir. Lo que pasa es que no quiere que él piense que se siente amable.

—Me da igual lo que él piense.

—Eso no se lo cree ni usted.

—En eso tiene razón. Es usted una buena conocedora de la naturaleza humana.

—Gracias, es mi trabajo.

—Y bien, ¿qué debo hacer?

—En primer lugar, haga lo que crea que es bueno para usted. En segundo lugar, pregúntele amablemente cómo está.

Cinco minutos después
Asunto: Yo por segunda vez
Hola, Leo.
Ahora, muy amablemente: ¿qué tal? Puedo ser más amable todavía: hola, Leo, ¿cómo estás? Hasta es posible un mayor incremento de la amabilidad: querido Leeeo, ¿cómo estááás?, ¿cómo has pasado las Navidaaades?, ¿cómo has empezado el aaaño?, ¿qué es de tu viiida?, ¿cómo va el amooor?, ¿cómo le va a «Pam», perdón, a Pameeela?
Saludos sumamente cordiales,
Emmi

Dos horas después
Asunto: Yo por tercera vez
Hola, Leo.
De nuevo yo. Olvida los disparates que te he hecho leer hace un rato, por favor. Pero ¿quieres que te diga algo? (Ésta es una de mis citas de Leo predilectas. Siempre te imagino diciéndolo completamente borracho.) ¿Quieres que te diga algo? ¡Escribir me hace muy bien!
Mañana le diré a mi terapeuta que te he escrito, que escribir me hace muy bien.

—Pero ésa es una verdad a medias —replicará ella.

—¿Cuál sería toda la verdad?

—Usted debería haber escrito, como corresponde: «EscribirTE me hace muy bien».

—Es que no le escribo a nadie más. Así que si escribo que escribir me hace muy bien, me refiero automáticamente a que escribirle A ÉL me hace muy bien.

—Pero él no lo sabe.

—Claro que sí, él me conoce.

—Me sorprendería. Ni usted misma se conoce, por eso está aquí.

—¿Cuáles eran sus honorarios por esta clase de ofensas? Leo, todo lo que me rodea está cambiando, sólo estas letras siguen siendo las mismas. Me hace bien aferrarme a ellas. Tengo la sensación de que al menos así soy fiel a mí misma. No hace falta que me contestes. Creo que incluso es mejor que no lo hagas. Perdimos nuestro tren, «Boston» (y el momento en que llegó) me echó del tren con un año de retraso. Estoy sentada en un compartimento oscuro de un vagón completamente nuevo y primero intento orientarme. No tengo idea de adónde voy, las estaciones aún no están indicadas, incluso la dirección es imprecisa. Al mirar por la ventanilla de cristales empañados, por donde va pasando el paisaje, me gustaría poder decirte de vez en cuando si reconozco algo y qué podría ser. ¿Te parece bien? Sé que mis impresiones están a buen recaudo en tus manos. Y si alguna vez quieres contarme de tu viaje personal en el expreso de «Pam», te escucharé. Bueno, entonces hasta luego y abrígate bien, parece que está volviendo el invierno. La corriente de aire frío entumece el cuello y achica el campo visual. Sólo se mira hacia delante el supuesto destino, y no a los costados, donde pasan los momentos por los que merece la pena pagar el viaje.

Emmi

Dos días después
Asunto: Dime solamente...
a) ... si borras mis mensajes sin leerlos.
b) ... si los lees y los borras.
c) ... si los lees y los guardas.
d) ... si no los recibes.

Cinco horas después
Fw:
c

A la mañana siguiente
Asunto: ¡Qué buena elección!
¡Era la mejor opción, Leo! ¡Y con qué detalle eres capaz de describirla, justificarla y desarrollarla! Esto..., ¿te ha dado un calambre con tendovaginitis en la muñeca de tanto escribir o piensas añadir algo más?
Cordiales saludos,
Emmi

Dos días después
Asunto: Análisis de la «c»
Hola, Leo.
Desde luego no ignorabas hasta qué punto tu primera y única donación de letras en dieciséis semanas haría volar mi imaginación. ¿Qué habrá querido expresar con su respuesta el psicólogo del lenguaje Leo Leike?
a) ¿Quería obtener un puesto en mi libro personal de sus récords con la señal de vida más breve jamás dada por escrito?
b) ¿Le fascinaba la idea de que la destinataria de la «c» se pasara una hora cavilando con su psicoterapeuta acerca de la diferencia entre una «c» con punto, una «c» con pa-

réntesis y una «c» desnuda, al natural, como Leike la trajo al mundo?

c) ¿Quería contestarme de un modo perfeccionista y minimalista para (nuevamente) hacerse el interesante en mayor grado de lo que parecía exigir la situación?

d) ¿O tan sólo le importaba el contenido? ¿Lo que quería decir era: «Sí, leo los mensajes de Emmi, hasta los sigo guardando, pero he dejado de escribirle definitivamente. Y soy lo bastante amable para comunicárselo. Pongo un signo, un signo famélico, el más pequeño posible, pero al fin y al cabo... un signo. Le envío una anilla a la que le falta un bocado»? ¿Era eso?

En espera de otra letra,

Emmi

Tres horas después

Fw:

Te contesto con otra pregunta, querida Emmi: cuando tú dices definitivamente FIN (como lo hiciste hace dieciséis semanas, al día siguiente, quizá todavía recuerdes al día siguiente de qué), ¿qué quieres decir?

a) ¿FIN?

b) ¿FIN?

c) ¿FIN?

d) ¿FIN?

¿Y por qué no te atienes a a), ni a b), ni a c), ni a d)?

Treinta minutos después

Re:

1) Porque me gusta escribir.

2) De acuerdo: porque me gusta escribirTE.

3) Porque mi terapeuta dice que me hace bien, y ella debe de saberlo, para algo ha estudiado.

4) Porque tenía curiosidad por saber cuánto aguantarías sin contestarme.

5) Porque tenía aún más curiosidad por saber cuál sería la respuesta (lo admito: lo de la «c» nunca se me habría ocurrido).

6) Porque tenía y tengo aún más curiosidad por saber cómo estás.

7) Porque tanta curiosidad volcada hacia fuera mejora el clima, el clima de mi nuevo, estéril, pelado y minúsculo piso, con el piano mudo y las paredes vacías que no dejan de asediarme con preguntas desconcertadas. Un piso que de golpe me hizo retroceder quince años, sin por ello haberme vuelto quince años más joven. Ahora me encuentro de nuevo abajo, con treinta y cinco años, en la escalera de una de veinte. Ahora se trata de volver a subir todos los peldaños.

8) ¿Dónde estábamos? ¡Ah, sí! En el «fin», por qué no me atengo al «fin» cuando digo «fin»: porque hoy veo ciertas cosas de manera algo distinta que hace dieciséis semanas, menos definitivas.

9) Porque, después de todo, fin no es lo mismo que fin, ni que fin, ni que fin, Leo. Porque al fin y al cabo todo fin también es un principio.

Que termines bien la tarde. ¡Y gracias por escribirme!
Emmi

Diez minutos después
Fw:
¿Te fuiste de casa, Emmi? ¿Te separaste de Bernhard?

Dos minutos después
Re:
Me cambié de casa, me alejé un poco. Me distancié de Bernhard. Ahora tenemos más o menos la distancia que corresponde a nuestra relación de los últimos dos años. Procuro que los niños no sufran. Quiero seguir estando ahí

siempre que me necesiten. Para Jonas la nueva situación es terrible. Deberías ver su mirada cuando me pregunta:

—¿Por qué ya no duermes en casa?

—De momento, papá y yo no nos llevamos muy bien —le contesto.

—Pero por la noche da igual.

—No cuando sólo hay una delgada pared de por medio.

—Entonces te cambio la habitación. A mí no me molesta tener una delgada pared de por medio con papá...

¿Qué decir a eso?

Bernhard reconoce sus errores y omisiones. Le da vergüenza. Está arrepentido, deprimido, hecho polvo. Él intenta salvar lo que aún se puede salvar. Yo intento averiguar si aún queda algo por salvar. Hemos hablado mucho en estos últimos meses, unos años tarde por desgracia. Por primera vez hemos mirado lo que había tras la fachada de nuestra relación: todo estaba mohoso y desolado. Nunca lo cuidamos, ni lo limpiamos, ni lo aireamos, todo estaba en mal estado, con grandes daños. ¿Será posible repararlo? También hemos hablado mucho de ti, Leo. Pero eso sólo te lo contaré si deseas saberlo. (Y como desde luego querrás saberlo, seguiremos en contacto por correo electrónico. ¡Ése es mi plan!) No quiero importunarte, pero mi terapeuta está convencida de que me haces bien. Me dice: «No entiendo por qué me paga sesiones tan caras. Con su Leo Leike le saldría todo gratis, así que haga el favor de esforzarse por él». Así que hago el favor de esforzarme por ti, querido Leo. Y tú estás cordialmente invitado a esforzarte un poco por mí. Buenas noches.

A la tarde siguiente
Sin asunto
Querida Emmi:
Me honra que tu psicoterapeuta me crea capaz de sustituirla. (Por cierto que «gratis» sería demasiado barato, pe-

ro te haría un buen precio.) Y, desde luego, me alegro de que en todo caso esté convencida de que te hago bien. Pero hazme el favor de preguntarle si puede asegurarme que TÚ también me haces bien a mí.

Un abrazo,

Leo

Una hora después

Re:

Ella sólo piensa en mi bienestar, no en el tuyo, querido Leo. Si no sabes lo que es bueno para ti y quieres saberlo, tienes que buscarte tu propio terapeuta. Por cierto, si yo fuera muy importante para ti, probablemente te resultaría demasiado costoso.

Que pases una buena tarde,

Emmi

P. D.: Esto..., me muero de ganas de saber cómo estás, Leo. ¿Te importaría contarme alguna cosilla? ¿No podrías darme por lo menos algún indicio? ¡¡Por favor!!

Media hora después

Fw:

Primer indicio: llevo tres semanas resfriado.

Segundo indicio: estaré solo nada más tres semanas.

Explicación del segundo indicio: viene Pamela («Pam»).

A quedarse.

Diez minutos después

Re:

¡Oh, qué sorpresa! ¡Enhorabuena, Leo, te lo mereces! (Me refiero a «Pam», por supuesto, no al resfriado.)

Saludos,

Emmi

Cinco minutos después
Fw:

Eso me trae a la memoria aquella pregunta que nos hicimos hace unos meses y nunca hemos respondido: ¿cambió algo para nosotros después de nuestra cita? Por mi parte: ¡sí! Desde que imagino tu cara mientras leo tus líneas, puedo reconocer mucho más rápido de qué humor estás cuando me escribes y qué significan realmente tus palabras cuando sin duda significan algo muy distinto de lo que parece. Imagino tus labios dejando salir las palabras. Imagino tus pupilas veladas comentando el suceso. Hace un momento has escrito: «¡Oh, qué sorpresa! ¡Enhorabuena, Leo, te lo mereces!». Y lo que has querido decir es: «¡Oh, qué desilusión! Pero la culpa es tuya, Leo, por lo visto no te mereces nada mejor». Entre paréntesis añades luego a modo de broma: «Me refiero a «Pam», por supuesto, no al resfriado». Y estás queriendo decir, furiosa: «¡Siempre es mejor un resfriado de tres semanas que esa "Pam" por tiempo indefinido!». ¿Verdad?

Tres minutos después
Re:

No, Leo, puede que a veces esté enfadada, pero no furiosa. Estoy convencida de que «Pam» es una mujer interesante y de que te hace bien, mejor que la alergia al polen. ¿Me envías una foto suya?

Un minuto después
Fw:

No, Emmi.

Treinta segundos después
Re:
¿Por qué no?

Dos minutos después
Fw:
Porque no sé para qué podría servirte. Porque para ti es absolutamente irrelevante su aspecto. Porque no quiero que te compares con ella. Porque estoy cansado. Porque ahora me voy a dormir. Buenas noches, Emmi.

Un minuto después
Re:
Escribes en un tono testarudo e irritado. ¿Por qué? 1) ¿Te saco de quicio? 2) ¿No eres feliz? 3) ¿O es que no tienes ninguna foto de ella?

Veinte segundos después
Fw:
No.
Claro que sí.
Claro que sí.
¡Buenas noches!

Capítulo 10

A la tarde siguiente
Asunto: Perdón
Perdona si estuve grosero. De momento no estoy en mi mejor etapa. Ya te escribiré.
Un abrazo,
Leo

Dos horas después
Re:
Está bien. Escríbeme cuando vayas a escribirme. No hace falta que estés en tu mejor etapa. Me conformo con la segunda mejor.
Emmi

Tres días después
Asunto: Mi etapa
Querida Emmi:
¿Por qué será que desde hace tres días tengo la sensación —a ratos insoportable— de que esperas con impaciencia que te explique de una vez por qué no estoy en mi mejor etapa?
Saludos,
Leo

Cuatro horas después
Re:
Probablemente tendrás necesidad de explicármelo. Si quieres explicármelo sin falta, explícamelo y no des rodeos.

Diez minutos después
Fw:
¡No, Emmi, no tengo ninguna necesidad de explicártelo! Me resulta imposible explicártelo, porque no puedo explicármelo a mí mismo. Sin embargo, paradójicamente, creo que te debo una explicación. ¿Cómo te explicas eso?

Ocho minutos después
Re:
Ni idea, Leo. Quizá de repente sientas una paranoica necesidad de explicarme tus etapas. (Por cierto, un rasgo completamente nuevo en ti.) Si quieres, le pregunto a mi terapeuta si conoce a algún experto en personas que necesitan explicar etapas. Sólo para que te distiendas: no hace falta que me expliques por qué de momento no estás en tu mejor etapa. De todas maneras ya lo sé.

Tres minutos después
Fw:
Grandioso, Emmi. Entonces ¡explícamelo, por favor!

Veinte minutos después
Re:
Estás nervioso a causa de («...»), está bien, a causa de Pamela. En Boston estuviste invitado en su casa. Después de Boston, ella estuvo invitada en tu casa. O ambos estu-

visteis invitados en casa del otro simultánea y alternativamente, por ejemplo en Londres, o comoquiera que se llamara el escenario. Pero ahora, al variar la situación geográfica, se modifica también la situación amorosa. Ella viene a tu casa y se queda contigo. La relación a distancia se convierte en una relación próxima. Eso significa: vida cotidiana e interpersonal bajo el mismo techo, en lugar de pensión completa en un hotel romántico. Limpiar las ventanas y colgar las cortinas lavadas, en lugar de contemplar con ojos ardientes el paisaje anhelado que se extiende a lo lejos. Por cierto, ella no sólo viene a tu casa. Viene por ti. Viene para ti. Apuesta por ti. Tú asumes una responsabilidad. Es natural que la idea te estrese. Tienes miedo de la incertidumbre, una sensación de vértigo por que de repente todo pueda ser distinto entre vosotros. Tu inquietud es comprensible y justificada, Leo. Es imposible que de momento estés en tu «mejor etapa». ¿Qué quedaría entonces para la siguiente etapa, para el periodo de tu vida que está a punto de comenzar? Estoy convencida: ¡ya lo arreglaréis!
Un abrazo, que tengas una buena tarde,
Emmi

Siete horas despúes
Asunto: Querido diario
Hola, Emmi.
Ya debes de estar durmiendo. Son las dos o las tres, calculo. Últimamente no bebo nada de alcohol, por eso me sienta mal. Ésta es mi tercera copa y lo veo todo borroso. De acuerdo, es una copa grande, lo admito. El vino tiene 13,5% de alcohol por volumen, lo pone en la etiqueta. Ésos ya están en mi cabeza, el ochenta y seis u ochenta y siete por ciento restante sigue en la botella. Voy a bebérmela, no queda nada de alcohol ahí dentro. Está todo en mi cabeza. Y ésta es la segunda botella, lo admito.

Tengo que decirte algo, Emmi, eres la única mujer a la que le escribo, a la que le escribo como escribo, como soy, como me apetece. En realidad eres mi diario, pero no te quedas callada como un diario. No eres tan paciente. Siempre te entrometes, replicas, me contradices, me confundes. Eres un diario con cara y cuerpo y personalidad. Crees que no te veo, que no te siento. Estás equivocada. Equivocada. Muy equivocada. Cuando te escribo, te traigo muy cerca de mí. Siempre ha sido así. Y desde que te conozco «personalmente», ya sabes, desde que estuvimos sentados frente a frente, desde entonces, por suerte nadie me ha tomado el pulso, desde entonces... Nunca te lo he dicho, no quería decírtelo, ¿para qué? Estás casada, él te ama. Cometió un grave error: calló. La verdad que es el peor de los errores. Pero debes perdonarlo. Tú eres de tu familia, no te lo digo porque sea un conservador social, pues no lo soy, bueno, tal vez un poco, pero no soy conservador. ¿Dónde estábamos? Sí, Emmi, eso es, tú eres de tu familia, porque eres de ella, de la familia. Y yo soy de Pamela, o ella es mía, da igual. No, no, no te enviaré una foto suya. No lo haré, me parece demasiado..., la expondría demasiado, ya me entiendes, ¿por qué iba a hacerlo? Ella no es como tú, Emmi, pero me ama, y hemos decidido ser felices, hacemos buena pareja, tenemos un futuro por delante, créeme. ¿Puedo escribirte esto? ¿Estás enfadada?

Emmi, tú y yo, nosotros dos tendríamos que haberlo dejado hace tiempo. Así es imposible llevar un diario, no hay quien lo aguante. Siempre me miras (tú escribirías: siempre me miras tan, tan, tan...). Y yo veo cómo me miras cuando hablas tan, tan, tan..., ya puedo decir lo que quiera, puedo callar el tiempo que quiera, que tú me miras con tus ojos/palabras. Cada letra tuya me hace un guiño tan, tan, tan... Cada sílaba tiene tu mirada.

Emmi, Emmi... Éste ha sido un pésimo invierno. Ninguna feliz Navidad y ningún próspero año nuevo de ninguna Emmi Rothner. De veras pensé que se había acabado. Escribiste FIN después de aquella noche. Aquella noche y luego FIN. No fin, sino FIN, eso fue demasiado. Te di por perdida. Todo había desaparecido, ya no quedaba nada. Ningún diario. Ningún día. Fue una época horriblemente vacía, créeme. Pero Pamela me ama, de eso estoy seguro.

¿Recuerdas aquella noche, Emmi? No tendríamos que haberlo hecho. Estabas tan furiosa, tan amargada, tan triste y, no obstante, tan, tan, tan... Tu aliento en mi cara, en mis ojos, me penetró hasta la retina. ¿Podría ser más íntima la intimidad? Cuántas veces he soñado con ello..., siempre las mismas imágenes. Estar tan estrechamente abrazados, luego inmovilizarse para siempre... Y seguir sintiendo sólo tu aliento.

Pero ahora será mejor que deje de escribir. Estoy un poco borracho, el vino es fuerte, con o sin alcohol. Quince noches más, Emmi, las he contado, quince noches más y llega Pamela. Entonces comienza una nueva vida, tú dices periodo, yo digo vida. Pero no soy un conservador social, sólo un poco. Tu vida son Bernhard y los niños. No lo arruines. Al que sólo vive por periodos, le falta la envergadura, la trascendencia, el sentido de la totalidad. Vive en fragmentos, fragmentos sosos, pequeños, insustanciales. Al final todo le resulta demasiado breve. ¡Salud! Y ahora, da igual, ahora te beso, querido diario. ¡¡¡No me mires así, por favor!!! Y perdóname por estos mensajes. De momento no estoy en mi mejor etapa, ni tampoco en la segunda mejor. Y estoy un poco borracho. No mucho, pero sí un poco. Bueno. Basta. Se acabó. Enviar. Fin, no FIN, sólo fin.

Tuyo,

Leo

A la mañana siguiente
Asunto: Faltan catorce noches
Querido Leo:
¡Tus mensajes en estado de embriaguez se las traen, de verdad! Eso fue más que verbosidad, fue un auténtico torrente de palabras, no deberías dejar que siempre se acumulen tantas. Pero a veces, cuando estalla tu armario emocional y te salen las líneas bañadas en vino tinto, eres todo un filósofo. Los viejos maestros deberían copiar algunas de tus explicaciones sobre el conservadurismo social y los periodos de la vida. No sé por dónde empezar a abordarlas. Es más, ni siquiera sé si debería hacerlo. ¿Merece la pena por catorce noches? Se lo preguntaré a mi terapeuta. ¡Y tú, sácate de una vez de la cabeza el resto de los grados de alcohol!
Un abrazo,
Tu diario que nunca se queda callado

Nueve horas después
Asunto: Nuestro programa
Buenas noches, Leo. ¿Ya puedes volver a leer las letras al derecho? (¿Reconoces mi cara en ellas?) Entonces, cumpliendo mi función de diario, te formularé las siguientes preguntas con relación a nuestro programa para las próximas —y tal vez últimas— dos semanas. ¿Qué hacemos?
1) ¿Guardamos silencio para que puedas prepararte en paz para «Pam»? (Cito: «Ella me ama, y hemos decidido ser felices». Acotación personal: ¡estupenda decisión!)
2) ¿Seguimos escribiendo como si nunca hubiese habido nada entre tu diario y tú (y tan sólo por eso tampoco pudiera haber nada más), y puntualmente, con el arribo del avión procedente de Boston, concluimos las anotaciones dialógicas para que al fin puedas concentrarte en tu vida futura, mientras yo me lanzo a mi próximo periodo o repito el anterior debido a su escaso éxito?

3) ¿O volvemos a vernos? Ya sabes, una de nuestras famosas últimas citas. Con el objetivo..., con el objetivo..., con el objetivo... Sin objetivo. Sin más ni más. ¿Cómo lo llamábamos el verano pasado...? «Un digno final.» ¿Terminamos de una vez digna y sobre todo verdaderamente? Piénsatelo, ahora más que nunca ha llegado el momento.

A la tarde siguiente
Asunto: Faltan trece noches
Hola, Leo.
Por lo que veo, te has decidido por 1) sin acuerdo previo con tu diario. ¿O es que todavía te lo estás pensando? ¿O simplemente estás sobrio y silencioso? Venga, dímelo.
Emmi

Dos horas después
Fw:
Sobrio, silencioso y desorientado.

Diez minutos después
Re:
Si estás sobrio, bebe. Si estás silencioso, habla. Si estás desorientado, pregúntame. Para eso está tu diario.

Cinco minutos después
Fw:
¿Qué quieres que te pregunte?

Seis minutos después
Re:
Lo mejor sería que me preguntes lo que quieras saber. Y si estás tan desorientado que no sabes qué preguntarme, porque no sabes qué quieres saber, pregúntame otra cosa. (¡Esta clase de frases las he aprendido de ti!)

Tres minutos después
Fw:
De acuerdo, Emmi. ¿Qué llevas puesto?

Un minuto después
Re:
¡Bien, Leo! Teniendo en cuenta que no sabes qué quieres saber, ha sido una buena pregunta, fundada, por no decir candente.

Cincuenta segundos después
Fw:
Gracias. (¡Esta clase de preguntas las he aprendido de ti!) Y bien, ¿qué llevas puesto?

Cinco minutos después
Re:
¿Qué esperas que te conteste? ¿Nada de nada? ¿O acaso: «¡Nada!»? Pues lo siento, espero que puedas aceptar la verdad: llevo la parte de arriba de un pijama de franela gris, del que se me ha perdido el pantalón correspondiente, lo he reemplazado por uno azul claro que siempre se me cae, porque el elástico está roto, pero me da pena, porque está solo, porque la parte de arriba se desintegró en la lavadora a noventa grados, creo que ocu-

rrió en una brumosa noche de noviembre. Para ahorrarme a mí misma la vista de mi combinación, llevo encima un albornoz de rizos color café. ¿Te sientes más a gusto ahora?

Quince minutos después
Fw:
Y si volviéramos a vernos, ¿cómo te habrías imaginado que sería, Emmi?

Tres minutos después
Re:
¿Lo ves? En esa pregunta ya se observa un claro salto cualitativo. Por lo visto, mi *look* te ha inspirado.

Dos minutos después
Fw:
Y bien, ¿cómo te habrías imaginado que sería?

Ocho minutos después
Re:
Puedes decir sin miedo «imaginabas». No hace falta que emplees forzosamente el «habrías». Ya sé que estás muy lejos de verme por cuarta vez. Y además lo comprendo. Faltando poco para que llegue «Pam», debes de temer otro ataque sexual nocturno por mi parte, del que no querrías poder defenderte. (¡A mí también me gusta el condicional!) Puedo tranquilizarte: no me lo «habría» imaginado así esta vez, querido mío.

Un minuto después
Fw:
¿Entonces cómo?

Cincuenta segundos después
Re:
Como te lo imaginas tú.

Treinta segundos después
Fw:
Pero yo no imagino nada, Emmi, al menos nada concreto.

Veinte segundos después
Re:
Eso es exactamente lo que imagino yo.

Cincuenta segundos después
Fw:
No sé, querida Emmi. A decir verdad, me cuesta imaginar una «última» cita sobre la que ninguno de los dos puede imaginarse nada. Creo que lo mejor será que sigamos escribiéndonos. Así podremos ampliar más nuestra imaginación.

Cuarenta segundos después
Re:
¿Lo ves, querido Leo? Ahora ya no pareces tan desorientado. Ni silencioso. Sólo sobrio, por desgracia. Nunca me acostumbraré a eso. Buenas noches, que duermas bien. Voy a apagar.

Treinta segundos después
Fw:
Buenas noches, Emmi.

A la tarde siguiente
Asunto: Faltan doce noches
Hola, Leo.
Mi terapeuta me desaconseja seriamente que vuelva a quedar contigo en esta etapa (que no es ni tu mejor etapa ni mi segunda mejor etapa). ¿Os habéis puesto de acuerdo?

Dos horas después
Asunto: ¿Verdad?
Estás ahí, ¿verdad?
Has leído el mensaje, ¿verdad?
Sólo que ya no sabes qué decir, ¿verdad?
Es que ya no sabes qué hacer conmigo, ¿verdad?
Estás pensando: ¡si ya hubiesen pasado estas doce noches...!, ¿verdad?

Cuarenta minutos después
Fw:
Querida Emmi:
Por mucho que me cueste admitirlo, ¡lamentablemente tienes razón en cada palabra!

Tres minutos después
Re:
¡Eso es duro!

Un minuto después
Fw:
¡No sólo para ti!

Cincuenta segundos después
Re:
¿Lo dejamos?

Treinta segundos después
Fw:
Sí, sería lo mejor.

Treinta segundos después
Re:
¿Ahora mismo?

Cuarenta segundos después
Fw:
¡Sí, por mí, sí, ahora mismo!

Veinte segundos después
Re:
De acuerdo.

Quince segundos después
Fw:
De acuerdo.

Treinta segundos después
Re:
¡Tú primero, Leo!

Veinte segundos después
Fw:
¡No, tú primero, Emmi!

Quince segundos después
Re:
¿Por qué yo?

Veinticinco segundos después
Fw:
¡La idea ha sido tuya!

Tres minutos después
Re:
¡Pero tú me has inspirado, Leo! ¡Llevas varios días inspirándome! Tú y tu silencio. Tú y tu sobriedad. Tú y tu desorientación. Tú y tu «Es mejor así». Tú y tu «Sería mejor que no...». Tú y tu «Creo que lo mejor será...». Tú y tu «¡Si ya hubiesen pasado estas doce noches...!».

Cuatro minutos después
Fw:
Fuiste tú quien puso en mi boca esa última frase, querida mía.

Un minuto después
Re:

¡Pues si nadie pone las frases en tu boca, de tu boca ya no sale ninguna, querido mío!

Tres minutos después
Fw:

Es que me pone nervioso la melodramática manera en que celebras esta cuenta atrás de despedida, querida Emmi. Asunto: Faltan catorce noches. Asunto: Faltan trece noches. Asunto: Faltan doce noches. Es un doloroso fetichismo del asunto, un masoquismo extremo de la consternación. ¿Por qué lo haces? ¿Por qué nos lo haces aún más difícil de lo que ya se hace de por sí por ser lo que es?

Tres minutos después
Re:

No sería más fácil aunque yo no lo hiciera más difícil. Déjame contar nuestras últimas noches juntos, querido Leo. Es mi modo de superarlo. De todos modos, tampoco son tantas. Y mañana por la mañana será una menos. Lo cual viene a significar: ¡buenas doce últimas noches, te desea tu diario, dotado de un tenaz espíritu de contradicción!

Capítulo 11

Al día siguiente
Asunto: ¡Mi propuesta!
Buenos días, querida Emmi.
Te hago una propuesta para organizar virtualmente la próxima semana y media: cada uno puede hacerle al otro una pregunta al día y debe contestar la pregunta del otro. ¿Estás de acuerdo?

Veinte minutos después
Re:
¿Cuándo se te ha ocurrido esa abstrusa idea, amigo mío?

Tres minutos después
Fw:
¿Ésa ha sido tu pregunta de hoy, amiga mía?

Cinco minutos después
Re:
¡Un momento, Leo! Yo no he dicho que estuviera de acuerdo. Sabes que me gusta jugar, de lo contrario no llevaría dos años aquí sentada. Pero este juego está todavía verde. ¿Qué hacemos, por ejemplo, si a partir de tu respuesta a mi pregunta necesito hacer otra pregunta para aclarar una duda?

Un minuto después
Fw:
Puedes hacerla al día siguiente.

Cincuenta segundos después
Re:
¡Eso es injusto! Lo único que quieres es que el tiempo entre «Pam» y yo transcurra más deprisa, para que los días de las últimas anotaciones dialógicas de tu diario pasen de una vez.

Cuarenta segundos después
Fw:
Lo siento, Emmi. Pero así es el juego. Lo sé muy bien, porque lo he inventado yo mismo. ¿Empezamos?

Un minuto después
Re:
Un momento. ¿Se puede no contestar una pregunta?

Cincuenta segundos después
Fw:
¡No, no vale no contestar! A lo sumo responder con una evasiva.

Treinta segundos después
Re:
Entonces tienes ventaja, llevas veinticinco meses entrenándote.

Cuarenta segundos después
Fw:

Querida Emmi:
¿Empezamos ahora?

Treinta segundos después
Re:

¿Y qué pasa si digo que no?

Dos minutos después
Fw:

En ese caso, esta última sería al mismo tiempo tu pregunta y tu respuesta de hoy. Y mañana volveríamos a leernos.

Un minuto después
Re:

Si no fueras Leo Leike, al que con mis propios ojos he visto suspirar en la mesa de un café con otros ojos muy distintos, cuando daba cualquier cosa por ser tan encantador que hubiese podido competir con mi ideal de él, si no fueras Leo Leike, te diría: ¡eres un sádico! Así pues, ¡pregunta! (¡Pero haz el favor de no preguntarme qué llevo puesto!)
Emmi

Tres horas después
Asunto: Primera pregunta

Aún sigo esperando tu pregunta, amigo mío. ¿No se te ocurre nada? Por cierto, ¡ésa no ha sido mi pregunta! Mi pregunta es la siguiente: «Querido Leo, en tus últimas manifestaciones escritas en estado de coma etílico sobre ti y P..., P..., Pamela, afirmaste que hacíais buena pareja. ¿Por qué lo dices? Te ruego que me lo expliques con más detalles».

Cinco minutos después
Fw:
Mi pregunta para ti es la siguiente: «¿Volverías a hacerlo?».

Quince minutos después
Re:
Muy astuto, Leo. Así que el significado del «lo» puedo escogerlo yo misma, y cuidadito con elegir mal, porque entonces acabaré cargando con él para siempre, pese a haber sido tú quien «lo» quería averiguar sin falta. Si en lugar de ser Leo, fueses cualquier otro hombre, estaría muy claro que «lo» sólo puede referirse a sexo. En nuestro caso: la «visita» que te hice, mi decepción, mi desesperación, mi salvajismo y, como resultado de todo ello, el «lo». Si te refirieras a ese «lo», mi respuesta sería: no. ¡No volvería a hacerlo! Querría no haberlo hecho nunca.
Pero como eres Leo Leike, es evidente que con ese «lo» no te refieres a sexo, sino a algo distinto, más grande, más sublime, más valioso. Si no me equivoco, ese «lo» debe de referirse a nuestra relación epistolar. Lo que me preguntas es: ¿volverías a hacerlo?, ¿volverías a contestarme?, ¿volverías a mantener correspondencia conmigo de la misma manera, con la misma intensidad, con el mismo esfuerzo emocional?, ¿«lo» harías a pesar de saber cómo acaba? Sí, Leo. Es más: ¡SÍ! Una y mil veces.
Bueno, ¡y ahora te toca a ti!

Cincuenta minutos después
Re:
Sé que no te hace nada de gracia contestar mi pregunta. ¡Pero debes hacerlo, Leo! ¡Tú inventaste el juego!

Una hora después
Fw:

Mi respuesta, querida Emmi, es la siguiente: «Pamela y yo hacemos buena pareja porque tengo la impresión de que nos llevamos bien. Nuestra relación es natural y sencilla. Cada uno hace lo que quiere sin hacer nada que el otro no quiera. Tenemos un carácter parecido, ambos somos más bien tranquilos y prudentes, no nos sacrificamos por el otro, no le exigimos más de lo que está dispuesto a dar y no queremos cambiarnos, nos aceptamos tal cual somos. Nunca nos aburrimos juntos. Nos gusta la misma música, los mismos libros, las mismas películas, las mismas comidas y los mismos cuadros, tenemos la misma ideología y el mismo sentido del humor o falta de humor. En resumen: podemos y queremos estar juntos». A eso me refería con «hacer buena pareja». Buenas noches, Emmi.

A la tarde siguiente
Asunto: ???
Hola, Emmi.
Mi pregunta de hoy es: «¿Por qué no escribes?».

Diez minutos después
Re:
Hola, Leo.
Mi respuesta —natural y sencilla— de hoy es: «Lee tu mensaje de anoche sobre las buenas parejas y sabrás por qué no escribo».

Quince minutos después
Asunto: Pregunta del día
De acuerdo, acabemos esto de una vez. Mi pregunta es: «Si no voy descaminada al suponer que no quieres que

"Pam" me caiga bien y que no me das ninguna oportunidad de mirar con buenos ojos vuestra pareja, de lo contrario no me ofrecerías una imagen de vosotros ante la cual no puedo menos que introducirme en la pantalla y exclamar con fervor: ¡pfffffffffffffffff, qué horror! Les gusta la misma música, los mismos libros, las mismas películas, las mismas comidas y los mismos cuadros, tienen la misma ideología, el mismo sentido del humor o, peor aún, falta de humor. ¡Pfffffffffffffffffffff! Es posible que en unas pocas semanas ya se pongan los mismos calcetines de rayas celestes y blancas para ir al campo de golf a practicar el primer golpe sincronizado. Pero mira tú: nunca, nunca, nunca se aburren juntos. Increíble, ¿cómo lo harán? Se me duerme la cara de sólo escuchar a Leo describiendo su buena pareja con "Pam". (¿Has entendido mi pregunta? Estaba más bien al principio.)

Veinte minutos después
Fw:
Desahógate con tus burlas y tu cinismo, Emmi. Nunca he dicho que yo fuera un hombre interesante. Si se te duerme la cara con mis descripciones, por lo menos alguna parte de ti tendrá un momento de descanso, lo cual sin duda te hará bien para la tensión. Un pequeño comentario, Emmi, pídele a tu terapeuta que te lo confirme: es sumamente contraproducente y también un poco mediocre dejar escapar el tren de un hombre (ésas fueron tus palabras), para luego poner por los suelos a la mujer que va sentada con él en el nuevo compartimento. Jamás podrás alejarme de ella de ese modo; por el contrario, le haces propaganda.
Con lo cual paso a responder tu pregunta, que por poco se pierde en una lluvia de emociones: no está en mis manos que tú mires o no «con buenos ojos» mi «pareja», Emmi. A mí me gustaría que lo hicieras. Pero si prefieres no hacerlo, no lo hagas. Podré soportarlo. En todo caso,

si en algún momento mi pareja con Pamela se deteriora o fracasa, estoy completamente seguro de que no será porque tú no la mirabas con buenos ojos, Emmi.
Que termines bien la tarde,
Leo

Diez minutos después
Re:
¡Qué malo, Leo! Cuando yo soy cínica, sólo soy cínica. Cuando tú eres cínico, eres rematadamente malo.
Por cierto: YO no dejé escapar tu tren, amigo mío. Lo que escribí una vez fue: «Perdimos nuestro tren». No es lo mismo. Tú lo presentas como si yo hubiese rechazado tu tren y te hubiera destinado a la condenación eterna. (¡No me refiero a «Pam»!) Y los dos renunciamos a nuestro tren, Leo, fue un profesional trabajo en equipo tras largos meses de duro entrenamiento desaprovechando estaciones. Haz el favor de tenerlo presente.
Buenas noches.

Tres minutos después
Re:
Y perdona por lo de los calcetines de rayas. Ha sido una canallada.

Un minuto después
Fw:
Pero te ha hecho gracia.

Veinte segundos después
Re:
¡Sí, muchísima!

Treinta segundos después
Fw:
Entonces ha cumplido su objetivo. ¡Que duermas bien, querida burlona!

Veinte segundos después
Re:
¡Tú también, querido consentidor de burlas! Eso es lo que más aprecio de ti: que no tomes a mal las bromas, aunque te las gasten a ti.

Cuarenta segundos después
Fw:
Es que me gusta verte reír. Y nada parece divertirte tanto como gastarme bromas a mí.

Treinta segundos después
Re:
¡Oye, Leo, que a mí me gustan los calcetines de rayas! Seguramente estarás muy mono con ellos. Parecerás más ingenuo de lo habitual. ¡Buenas noches!

Al día siguiente
Asunto: Mi pregunta
Querida Emmi:
Mi pregunta de hoy es: «¿Cómo siguen las cosas entre tú y Bernhard?».

Cinco minutos después
Re:
¡No, Leo! ¿Es necesario?

Siete horas después
Asunto: Bernhard

Bueno, está bien. Para Pascua se irá una semana conmigo, sin los niños, a las Islas Canarias, a La Gomera. Subrayo: ÉL se va conmigo, no yo con él. Aunque es probable que lo acompañe. Lo dejaré hacer. Me parece valiente de su parte. No tiene nada que esperar, pero lo espera todo. Cree en la reconquista de mis sentimientos, en el retorno del gran amor, rodeado de arena, sal, bronceador y piedras. Pues nada. A lo mejor hago un curso de vela.

Cinco minutos después
Fw:

¿Eso significa que le darás otra oportunidad a vuestro matrimonio?

Tres minutos después
Re:

¡Disciplina, querido Leo! ¡Una sola pregunta al día!

Dos minutos después
Fw:

Está bien, te la vuelvo a hacer mañana. ¿Y qué hay de tu pregunta?

Cuatro minutos después
Re:

Me la guardo para la sesión de noche. Ya he visto el «lugar del crimen» de hoy.

Cinco horas después
Asunto: Mi pregunta
He aquí mi pregunta: «¿Aún lo notas?».

Dos horas después
Re:
Querido Leo:
¡Hay que contestar todas las preguntas!

Dos horas después
Re:
¡Cobarde! Podrías haber admitido sin miedo que no sabes qué es lo que deberías notar. Por lo menos eso habría sido una refinada perífrasis para decir que ya no lo notas. Pues si lo notaras, sabrías qué es. Consuélate: no lo daba por descontado. Es tarde, me voy a dormir. Buenas noches. Siete veces más que nos levantemos y habremos acabado.
Emmi

Veinte minutos después
Asunto: ¡Desde luego!
Hola, Emmi.
Acabo de volver a casa. Respecto a tu pregunta: «Sí, desde luego, aún lo noto».
Buenas noches,
Leo

Tres minutos después
Re:
¡Alto, Leo! Me he desvelado (de golpe) y lamento tener que comunicarte que no puedes irte a dormir así, a hur-

tadillas, ni siquiera a estas horas. ¡No te lo permito, va contra el reglamento! «Sí, desde luego, aún lo noto» es lo mismo que no decir nada, no es una respuesta, ni siquiera una evasiva. No me has dado ningún indicio de que sabes qué deberías notar. Es probable que no sea más que un farol para que te deje en paz. Pero lo siento, querido mío: ¡todavía me debes una auténtica respuesta!

Quince minutos después
Fw:

Mi respuesta ha sido tan críptica como tu pregunta, querida Emmi. No «lo» has llamado por su nombre, porque querías ponerme a prueba para ver si yo recordaba qué era. Yo no «lo» he llamado por su nombre, porque quería ponerte a prueba para ver si te fiabas (y no te has fiado) de que sé de qué hablo, en qué pienso y qué siento cuando pienso en ti. Por ejemplo: de «eso». Sí, sigo notándolo. A veces con más intensidad, a veces con menos. A veces tengo que descubrirlo primero con la yema del dedo corazón. A veces lo acaricio con el pulgar de la otra mano. Por lo general se hace sentir por sí solo. Por más agua que le eche, no se borra, reaparece una y otra vez. A veces me hace cosquillas, entonces es probable que luego me escribas un mensaje cínico. Y a veces me duele de veras, entonces te echo de menos, Emmi, y desearía que todo hubiese sido distinto. Pero no quiero ser desagradecido. «Lo» tengo, tengo tu punto de contacto en el centro de la palma de mi mano. Allí se concentran todos los recuerdos y los deseos. En ese punto se reúne el equipo completo de Emmi, con todos los accesorios imaginables, para Leo Leike, el hombre exigente que contempla el paisaje anhelado que se extiende a lo lejos.
¡Buenas noches!

Siete minutos después
Re:
Gracias, Leo. ¡Muy bonito! En este momento me gustaría estar contigo.

Un minuto después
Fw:
¡Lo estás!

Al día siguiente
Asunto: Mi pregunta
Hola, Emmi.
Como ya te había anunciado, reitero mi pregunta de ayer: «¿Le darás otra oportunidad a vuestro matrimonio?».

Dos horas después
Re:
¡Interesante, muy interesante! Después del romántico Leo de noche, capaz de hablar de manera tan, tan, tan cautivadora sobre puntos de contacto, ahora vuelve el sobrio Leo de día, el padre espiritual del correo electrónico, que lucha por las relaciones de sus confidentes como si tuviera una participación en los beneficios. Mmm... Pues intercalaré mi pregunta, que es la siguiente: «En los primeros mensajes después de reembarcarme en mi relación epistolar con Leo, te conté que había hablado mucho de ti, de nosotros, con Bernhard. ¿Por qué no me preguntas de qué hablamos? ¿Por qué siempre quieres considerar a Bernhard aislado de ti? ¿Por qué no comprendes que mi relación con él tiene que ver con mi relación contigo?» (¡Y no me vayas a decir que son tres preguntas! Son tres signos de interrogación, pero es una única pregunta.)

Tres horas después
Fw:
Querida Emmi:
No quiero que hables de mí con Bernhard, por lo menos no quiero saber nada al respecto. No pertenezco a vuestra familia ni a vuestro grupo de amigos. Me niego a admitir que tu relación con él tiene algo que ver con tu relación conmigo. ¡Me niego a hacerlo! Nunca he querido luchar contra él. Nunca he querido suplantarlo. Nunca he querido meterme en vuestra vida conyugal. No quería quitarle a tu marido nada de ti. Y, a la inversa, no soporto pensar que no he sido ni soy para ti nada más que el complemento de Bernhard. Para mí, desde el principio, siempre ha sido o «lo uno» o «lo otro». Vale decir: desde que tú misma dijiste que estabas «felizmente casada», la verdad es que para mí ya sólo fue «lo otro».
Que pases una buena tarde,
Leo

Veinte minutos después
Re:
Como excepción, una réplica:
1) ¿O sea que llevas ya dos años de «lo otro»? Pero «lo otro» puede virar mucho hacia «lo uno». Si siendo «lo otro», ya puedes ser tan «lo uno», ¿hasta qué punto serías «lo uno» si fueses «lo uno»?
2) Escribes: «No quería quitarle a tu marido nada de ti». ¿Lo ves, Leo? Es precisamente ese enfoque ultra-conservador lo que me ofende. Así me degradas. Yo no soy una mercancía que le pertenece a uno y por tanto no puede pasar a ser propiedad del otro. YO ME PERTENEZCO A MÍ MISMA, Leo, a mí y a nadie más. No soy algo que le puedas «quitar» a nadie, y ningún marido del mundo puede «quedarse» conmigo. Sólo YO me quedo y me quito. Algunas veces también me doy. Y otras

veces me entrego. Pero sólo raras veces. Y no a cualquiera.

3) Sigues obsesionado con la expresión «felizmente casada». ¿Has olvidado mi evolución en este último año? ¿No la he comentado lo suficiente? ¿No estoy aludiendo a ella todo el tiempo?

4) Con lo cual paso a responder tu ferviente pregunta sostenida por una esperanza arraigadamente católica: «¿Le darás otra oportunidad a vuestro matrimonio?». ¿Que si le daré otra oportunidad a nuestro matrimonio? ¡Tengo una buena respuesta para darte, querido mío! Pero me la reservo por un tiempo. Por hoy sólo quiero que quede clara una cosa: ¡maldita sea!, Leo, la institución del matrimonio no me importa demasiado. No es más que una estructura a la que los interesados creen poder aferrarse cuando pierden el equilibrio. Lo que cuenta son las personas. Bernhard me parece importante. Bernhard y los niños. Lo considero un deber, incluso ahora. Ya veremos si implica «oportunidades para el futuro».

5) ¡¡¡Y para mañana te pido una pregunta más picante!!! Sólo nos quedan seis noches, querido mío.

6) Que pases una buena tarde. Me voy al cine.

A la tarde siguiente
Asunto: De acuerdo, picante
Hola, Emmi.
Mi pregunta es: «¿Qué tal te fue en el cine?, ¿qué película viste?». No, era un broma. Mi verdadera pregunta es: «¿Piensas a veces en tener sexo conmigo?».

Diez minutos después
Re:
¡Oh, gracias, Leo! Lo has hecho por mí, ¿verdad? Sabes bien cómo me alucinan estas preguntas. Por desgracia,

son cosas que a ti sólo te preocupan cuando estás en compañía mental de tus amigos de Bordeaux. Pero, Leo, me alegra de veras que hagas como si el sexo no fuera un tema tabú entre nosotros cuando estamos sobrios. Por eso te mereces una respuesta sincera: «¡No, no pienso A VECES en tener sexo contigo!». Me gustaría hacerte la misma pregunta, pero curiosamente se interfiere «Pam», tu amiga sincronizada que llega dentro de poco. Y en asuntos sexuales sigo el ejemplo de mi corresponsal, el conservador social Leo Leike, alias O Lo Uno O Lo Otro.
Un besito,
Emmi

Treinta minutos después
Asunto: Pamela
Es curioso. Tú escribes una vez la palabra «sexo», probablemente en calcetines de rayas, y de inmediato necesito dos whiskys. Por desgracia hoy no puedo ofrecerte una pregunta tan seductora. La mía es: «¿Qué sabe Pamela de nosotros?» (Habrás notado que he escrito «Pamela», de modo que te solicito una respuesta seria.)

Un minuto después
Fw:
¡Nada!

Dos minutos después
Re:
¿De veras nada? ¡Eso es muy poco para ser serio!

Diez minutos después
Sin asunto
Querido Leo:
Supongo que estaremos de acuerdo en que «nada» no puede haber sido todo, quiero decir, toda la respuesta. Mi pregunta debía interpretarse como que yo quería saber POR QUÉ «Pam» sabe lo que sabe de nosotros, y en caso de no saber nada, POR QUÉ no sabe nada. Desde luego, porque tú no le has contado nada. Pero ¿POR QUÉ? Ésta es mi pregunta de hoy. (¡No, la de mañana no, la de hoy!) Y te lo advierto: si no me entregas voluntariamente la respuesta, voy volando al ático 15 y me la traigo. ¡La necesito! ¡Necesito saberlo! ¡Tengo que contárselo mañana por la mañana a mi terapeuta!

Un minuto después
Fw:
¡Es como si te estuviera viendo, Emmi! Cuando (me) exiges algo con esa urgencia, se descorre el velo de tus ojos y las pupilas se convierten en flechas de color amarillo verdoso. Podrías acuchillar a alguien con tu mirada.

Cuarenta segundos después
Re:
¡Buena observación! Y antes de tomar impulso para saltarte al cuello mostrando los dientes, voy a parpadear tres veces. Una. Dos. Dos y un cuarto. Dos y media... ¡Estoy esperando, Leo!

Diez minutos después
Fw:
En Boston no le conté nada de nosotros a Pamela, porque daba «lo nuestro» por concluido. Y después de Bos-

ton no le conté nada, porque no le había contado nada en Boston. No podía empezar por la mitad. Las historias confusas, como la nuestra, se cuentan desde el principio o no se cuentan.

Un minuto después
Re:
Podrías haberlo remediado.

Cuarenta segundos después
Fw:
Sí, podría.

Cincuenta segundos después
Re:
Pero no merecía la pena, porque querías terminar cuanto antes ese «confuso» asunto conmigo (mejor dicho, no volverlo a empezar).

Treinta segundos después
Fw:
No.

Veinte segundos después
Re:
¿No qué?

Treinta segundos después
Fw:
Tu idea es falsa.

Cuarenta segundos después
Re:
¡Pues dame una más acertada!

Dos minutos después
Sin asunto
¡¡No, Leo, mañana no!! (¡Cuidado!, estoy tomando impulso.)

Tres minutos después
Fw:
No le conté nada de nosotros, porque no lo habría entendido. Y si no lo entendía, no habría sido la verdad. Es que la verdad sobre nosotros es incomprensible. En el fondo, ni yo mismo sé cuál es.

Treinta segundos después
Re:
¡Venga ya, Leo! Sí que lo sabes. Es más, lo sabes perfectamente. Por lo menos sabes guardártela para ti. No quieres confundir a «Pam».

Cuarenta segundos después
Fw:
Es posible.

Un minuto después
Re:
Pero no está bien empezar una relación con un secreto sobre una confusa historia con otra mujer, querido Leo.

Cincuenta segundos después
Fw:
El secreto está bajo llave, querida Emmi.

Dos minutos después
Re:
¡Ah!, claro..., tu armario emocional. Meter a Emmi. Cerrar las puertas. Girar la llave a tope. Poner la temperatura interior a veinte grados bajo cero. ¡Listo! Y descongelar cada dos meses. ¡Buenas noches, me voy a tapar con la manta, tengo frío!

Capítulo 12

A la tarde siguiente
Asunto: Mi pregunta
Querida Emmi:
¿Es que hoy ya no nos hacemos preguntas? ¿Se acabó el juego? ¿Estás enfadada? (Tres pares de signos de interrogación, una pregunta, fuente de la interpretación de las reglas: Emmi Rothner.)

Dos horas después
Asunto: Mi pregunta
¿Cuál es la verdad sobre nosotros, Leo?

Quince minutos después
Fw:
¿La verdad sobre nosotros? Que tú tienes una familia que es muy importante para ti, un marido que te ama y un matrimonio que aún puede salvarse. Y yo tengo una relación a partir de la cual puede construirse algo. Cada uno tiene... su futuro. Pero nosotros dos, juntos, no lo tenemos. Ésa es, vista con realismo, la verdad sobre nosotros, querida Emmi.

Tres minutos después
Re:
¡Te detesto cuando miras con realismo! Por lo demás, ésa no es la verdad SOBRE nosotros, sino la verdad SIN noso-

tros. Y aunque no lo creas, Leo, ya la conocía. Está en uno de cada cinco mensajes tuyos desde hace dos años. Bueno, tengo que irme. Voy a comer con Philip. ¿Philip? Es diseñador de páginas web, es joven, está soltero, es divertido, me admira, y eso es lo que deseo, no necesariamente a él, pero sí su admiración. Ésa es la verdad sobre Philip y yo. Si piensas preguntarme mañana cómo fue con Philip, puedo decírtelo hoy mismo: muy distendido. Que pases una buena tarde.

Seis horas después
Fw:
Hola, Emmi.
Son las cuatro y no puedo dormir. Mi pregunta para el día que está por despuntar: ¿nos vemos?

Por la mañana
Asunto: ¿Para qué?
Querido Leo:
La pregunta se te ha ocurrido bastante tarde. No hace ni siquiera dos semanas seguías una radical línea anticita. Tus palabras textuales fueron: «A decir verdad, me cuesta imaginar una cita sobre la que ninguno de los dos puede imaginarse nada». ¿Por qué ahora de repente? No será que de pronto eres capaz de imaginarte «algo», ¿no? Leo, si no he contado mal, «nos» quedan tres días para «Pam». Tres días para descubrir una eventual verdad sobre nosotros, distinta de la «realista» que sostienes tú. Una verdad que a tu novia de Boston, que no sabe nada de nosotros, probablemente no le sentaría bien, por lo cual es mejor que no se entere de nada. Así pues, nos quedan sólo dos noches para una cita secreta. ¿Para qué, Leo? Sí, ésa es mi pregunta de hoy, la antepenúltima: ¿PARA QUÉ?

Veinte minutos después
Fw:

No tiene por qué ser por la noche, Emmi. Yo había pensado más bien en quedar por la tarde, en el café.

Treinta segundos después
Re:

¡Ah...! Ya. Sí. Claro que sí, Leo. Qué bien. ¿Y para qué?

Cuarenta segundos después
Fw:

Para verte una vez más.

Treinta segundos después
Re:

¿Qué sacarías tú con eso?

Cincuenta segundos después
Fw:

Una buena impresión.

Siete minutos después
Re:

Me alegro, pero por desgracia sería una impresión opuesta a la mía. Verte: está bien. Verte «una vez más», verte por última vez: ¡mierda! Llevamos un año y medio viéndonos «quizá por última vez», Leo. Llevamos un año y medio despidiéndonos. Parece como si nos hubiésemos conocido con el exclusivo propósito de despedirnos. No quiero más, Leo. Estoy harta, cansada, agotada de tantas despedidas.

Haz el favor de irte sin más. Mándame al administrador del sistema, al menos con él se puede contar, contesta de manera consecuente al cabo de diez segundos y me saluda con aire distante. Pero deja ya de despedirte de mí todo el tiempo. Y encima no des la bochornosa impresión de que eres incapaz de imaginar nada más bonito que verme «por última vez».

Nueve minutos después
Fw:

Yo no he dicho «verte por última vez». He dicho «verte una vez más». Y por correo electrónico hasta eso suena más dramático de lo que es. Cara a cara, la impresión no te resultará bochornosa. De todos modos no estoy dispuesto a perderte. Tengo tanto de ti en mí... Siempre he sentido que me enriquecías. Cada impresión sensorial de Emmi es una partida que se acredita en mi cuenta. Para mí, despedirme de ti sería dejar de pensar en ti, no sentir ya nada al pensar en ti. Créeme, estoy muy lejos de despedirme de ti.

Cinco minutos después
Re:

Leo, ésas sí que son óptimas condiciones para el aterrizaje de la mujer con la que te imaginas compartiendo tu futuro. ¡Pobre Pamela! Menos mal que no sabe nada de tus impresiones sensoriales de Emmi. No sueltes nunca la llave de tu armario emocional, querido mío. Le harías mucho daño.

Doce minutos después
Fw:

Sentir nunca es engañar, querida Emmi. Sólo está mal que uno manifieste sus sentimientos cuando eso hace sufrir a otra persona. Y algo más: no debes compadecer a Pamela, de verdad. Lo que siento por ti no afecta en nada lo que siento por ella. Una cosa no tiene nada que ver con la otra. No compiten. Tú y ella sois dos personas muy diferentes. La relación que tengo contigo es muy diferente a la que tengo con ella. Dentro de mí no hay un cupo fijo de sentimientos que pueda repartir entre distintas personas que significan algo para mí por distintos motivos. Cada una de las personas que me importan es algo aparte y ocupa su propio sitio dentro de mí. Lo mismo ocurre contigo.

Quince minutos después
Asunto: Engaño
Querido Leo:
1) No hace falta que digas «personas», puedes decir «mujeres» con confianza, sé de qué estás hablando.
2) ¿Qué quiere decir «manifestar sentimientos»? Los sentimientos se manifiestan cuando se sienten. Engañar es ocultar los sentimientos manifestados —sentidos— al intercambiar sentimientos. Consuélate, Leo. Yo no lo supe hasta que hice terapia. No engañé a Bernhard contigo aquella noche, sino las trescientas noches previas. Pero ésos son tiempos pasados. Bernhard ya lo sabe todo sobre tú y yo. Sí, él conoce mi «verdad sobre nosotros». Tal vez sea una verdad a medias, pero es la mía. Y no me avergüenza.
3) Claro que podría felicitarte y admirarte por tener un corazón tan grande, capaz de albergar varios armarios emocionales para varias mujeres. Pero lamentablemente tengo treinta y cinco años, he vivido un poco y me atrevo a afirmar que las cosas son más simples. A ti, incluso a ti te gusta querer a varias mujeres. O, mejor dicho: que te quieran la mayor cantidad posible de mujeres (interesantes). Por supuesto, cada una es muuuuuuuuuuy diferente

de las otras. Todas son «algo muy especial». Todas son algo aparte. Eso no tiene ningún mérito, Leo, pues eres TÚ el que deja aparte a cada una. Cuando piensas en una, olvidas a las otras. Cuando abres un armario emocional, los otros están cerrados con cerrojo.

4) Yo soy distinta. No siento en paralelo. Siento de manera lineal. Y amo de manera lineal. Uno después de otro. Pero siempre de uno en uno. De momento, precisamente, esto... digamos, a Philip. Huele tan bien..., a Abercrombie & Fitch.

5) Bueno, ahora apagaré el ordenador y no lo volveré a encender hasta mañana por la mañana. Que pases una buena antepenúltima tarde y una buena antepenúltima noche, querido mío. Espero que hoy duermas mejor.
Emmi

Cinco horas después
Asunto: Conmovedor balance
Querida Emmi:

a) Soy aburrido cuando estoy sobrio.

b) No tengo sentido del humor, ni siquiera cuando he bebido un poco.

c) Llevo dos años entrenándome para responder con evasivas.

d) Cuando siento, engaño (en concreto: a ti con Pamela, a Pamela contigo y a las dos conmigo mismo).

e) En uno de cada cinco mensajes te recuerdo de forma subliminal que tú y yo tenemos «compromiso» y por eso no tenemos futuro juntos.

f) Llevo dos años despidiéndome de ti.

g) Mi atractivo físico se ha interrumpido. No tienes absolutamente ninguna necesidad de verme una vez más.

h) El lema de mi vida es reprobable: que me quieran «la mayor cantidad posible de mujeres (interesantes)» (Déjame decirte algo, Emmi: no importa que no sean interesantes. Lo principal es que sea la mayor cantidad posible.)

i) Soy un hombre.

j) Pero ni siquiera huelo a Evercromby y un tal Fitsch.

k) A continuación, mi penúltima pregunta: ¿POR QUÉ SIGUES ESCRIBIÉNDOME?

A la mañana siguiente
Re:

Porque debo responder tu penúltima pregunta. Porque así es el juego. Porque no me doy por vencida faltando poco para terminar. Porque nunca me doy por vencida. Porque no puedo perder. Porque no quiero perder. Porque no quiero perderte.

Cinco minutos después
Asunto: Además

Además, escribes mensajes muy dulces. A veces. Y raras veces ocurre que no tienes sentido del humor y al mismo tiempo eres aburrido.

Tres minutos después
Asunto: Por cierto

Está bien. ¡Nunca me has parecido aburrido! (Salvo cuando describes tus puntos en común con «Pam».) Por otro lado, Leo, el aspecto no lo es todo. Uno de tus antiguos lemas. ¿Recuerdas?

Siete minutos después
Asunto: De acuerdo

Síííííííí. Síííííííí. Síííííííí. ¡Eres guapo! Nosotros lo sabemos. Todos lo sabemos. ¿Satisfecha tu vanidad?

Una hora después
Sin asunto
Está bien, Leo, gózalo.

Dos horas después
Asunto: Mi penúltima pregunta
Es posible que sólo estés esperando mi penúltima pregunta. Aquí va: ¿lo dejamos de veras pasado mañana o seguimos escribiéndonos, quiero decir, de vez en cuando, cuando a alguno de los dos le apetezca? No obstante, podemos despedirnos para que todo sea oficial, también por «Pam», para que las cosas estén claras. ¡Ah, sí!, desde luego tú estás «muy lejos» de despedirte de mí, tú congelas los sentimientos como si tal cosa. Da igual. ¿Seguimos escribiéndonos? ¿O de ahora en adelante, por así decirlo, desde «Pam» ya no quieres que te molesten? Dímelo, y sencillamente dejaré de mirar el correo privado. O me daré de baja en Internet. No, eso es imposible, tengo siete clientes nuevos a los que les gusta mucho recibir mi trabajo *on line*. Da igual. ¿Seguimos escribiéndonos, Leo? ¿Podrás a pesar de «Pam»? Puede ser en cualquier momento. Pero ¿lo hacemos?

Diez minutos después
Fw:
Querida Emmi:
Sí, lo hacemos. Con la condición que mencionabas en la cuarta línea: «cuando a alguno de los dos le apetezca». Quiero ser sincero, Emmi: no puedo saber si me apetecerá, cuándo me apetecerá o con qué frecuencia me apetecerá. Y si me apetece, no sé si estará bien que lo haga. ¡Jamás esperes un mensaje mío, por favor! Si recibes alguno, es que me apetecía. Si no recibes ninguno, quizá me apetecía, pero luego preferí no hacerlo. Lo mismo

vale para ti. Nunca más tenemos que volvernos locos esperando que el otro nos escriba o nos dé una respuesta. Si te apetece, escríbeme, Emmi. Si me apetece, te contestaré.

Tres minutos después
Re:
¡Ese mensaje no ha sido dulce, Leo! Pero te he entendido. Y te haré caso. ¡Adiós, basta por hoy! Ahora me apetece callarme. Mañana será otro día. Aunque en cierto modo sea el último.

A la mañana siguiente
Asunto: Última pregunta
Querida Emmi:
¿Cómo tendría que haber actuado entonces, qué debería haber hecho, qué habría sido mejor entonces, cuando tu marido me suplicó que desapareciera de tu vida, que no arruinase vuestro matrimonio, que «salvara» a vuestra familia? ¿Acaso «Boston» no era la única solución sensata? ¿Qué otra decisión, qué mejor decisión que ésa podría haber tomado? Esta duda me atormenta desde hace un año y medio. ¡Dímelo, por favor!

Una hora después
Asunto: Última respuesta
Tal vez TÚ solo no podrías haber tomado ninguna decisión mejor. Pero, justamente, no deberías haberlo decidido solo. Tendrías que haberme dejado participar A MÍ en la decisión. Tendrías que haberme puesto al corriente de lo de Bernhard, ya que él era demasiado cobarde para hacerlo. No dependía de TI «salvar» o arruinar mi matrimonio. ¡Dependía de mí y de mi marido! Por tu

pacto con él y tu misteriosa huida a Boston no tuve la posibilidad de tomar las medidas indicadas en el momento indicado. Es más, tendrías que haber luchado por mí, Leo. No como un héroe, no como «todo un hombre», sólo como alguien que se fía de sus sentimientos. Lo sé, lo sé: no nos conocíamos, ni siquiera nos habíamos visto. ¿Y qué? Yo sostengo que por aquel entonces ya habíamos llegado mucho más lejos. Si bien no convivimos juntos de manera convencional, vivimos juntos, que es más importante. Tan seguros estábamos de nuestro afecto, tan estrecho era nuestro vínculo que hasta estábamos dispuestos a besarnos a ciegas. Pero tú no luchaste por ello. Renunciaste a mí por una nobleza mal entendida. Sin resistencia. ESO es lo que deberías haber hecho distinto. ¡ESO es lo que podrías haber hecho mejor, querido Leo!

Diez minutos después
Fw:
Yo quería lo mejor para ti. Por desgracia no se me ocurrió pensar que pudiera ser yo. Por desgracia. Mala suerte. Tarde. Lo siento. ¡Lo siento tanto!

Cinco minutos después
Asunto: Mi última pregunta
¿Vienes a casa, Leo?

Quince minutos después
Sin asunto
Puedes contestar sin miedo.

Cinco minutos después
Fw:

¿Qué era lo que contestaste tú hace dos días, en una situación similar, con unas bonitas letras mayúsculas...? ¿PARA QUÉ?

Un minuto después
Re:

Ésa no es una respuesta. ¡Es una pregunta! Lo siento, pero ya no tienes derecho a hacer más preguntas, querido mío. Te has gastado todas las preguntas y algunas las has desperdiciado en pequeñeces. Ahora deberías arriesgarte. ¿Vienes a casa? Para ser más precisa: ¿vienes hoy a casa? Sí o no.

Veinte minutos después
Sin asunto

¡Qué bien aguantas! Ni sí, ni no. ¡Y eso que esta vez sí sería TU decisión! Elige lo que quieras, no hace falta que pienses en mí ni por un instante.

Tres minutos después
Fw:

Pues claro que pienso en ti. En ti y en lo que dijiste el jueves: «Verte: está bien. Verte una vez más, verte por última vez: ¡mierda!». En cierto modo parecía más bien lo contrario de tu propuesta de hoy. ¿Por qué de repente sí que quieres? ¿Por qué quieres que vaya a tu casa? Si no me das una respuesta, me la daré yo mismo.

Un minuto después
Re:
¡Piensas mal, Leo! De acuerdo, cuando te hayas decidido, te lo diré. Y bien: ¿vienes a casa: Feldgasse 14, 3º, 17ª? Sí o no.

Ocho minutos después
Fw:
Sí.

Cincuenta segundos después
Re:
¿En serio? ¿Estás seguro?

Cuarenta segundos después
Fw:
Ésas han sido dos preguntas ilícitas. Pero las contestaré de todos modos: no, Emmi, no estoy seguro. No estoy nada seguro. Pocas veces en mi vida he estado tan poco seguro. Pero me arriesgaré.

Dos minutos después
Re:
¡Gracias, Leo! Ya puedes olvidarte de todas tus visiones aterradoras. La cita será breve. Digamos..., diez minutos. Me gustaría beber un whisky contigo. ¡Uno! ¡Sólo uno! (Si lo prefieres, puedes tomar una copa de vino tinto.) Y luego quiero darte algo (ése es el motivo de mi invitación). La entrega no durará más de cinco segundos. Después serás libre, querido mío.

Un minuto después
Fw:
¿Qué es lo que quieres darme?

Dos minutos después
Re:
Algo personal. Un recuerdo. Te lo prometo: nada de patetismo, nada de escenas, nada de lágrimas. Sólo un trago de whisky, un pequeño regalo y... ¡adiós! No te dolerá. En comparación y considerando la situación, quiero decir. ¡Así que ven!

Cuarenta segundos después
Fw:
¿Cuándo?

Treinta segundos después
Re:
¿A las ocho?

Cuarenta segundos después
Fw:
A las ocho. Muy bien, a las ocho.

Treinta segundos después
Re:
Bueno, entonces hasta las ocho.

Cuarenta segundos después
Fw:
Hasta las ocho.

Capítulo 13

Dos semanas después
Asunto: Señales de vida
Hola, Emmi.

¿Cómo te va? (¡Ojalá se pudiera usar otra expresión! ¿Pero cuál?) Me haría muchísimo bien saber que a ti te va más o menos bien. Pienso en ti a menudo. Siempre que (...), supongo que sabes a qué me refiero. ¡Gracias!
Leo

Tres días después
Re:
Hola, Leo.

Qué bien tener noticias tuyas. ¿Te apetecía? ¿De verdad te apetecía? ¿O fue sólo la fórmula habitual para romper el silencio, compadecerse por la separación, tranquilizar la conciencia y salvar las distancias? Sí, Leo, me va más o menos bien. (Pero ¿por qué das por sentado que a lo sumo puede irme «más o menos» bien?) Lo cierto es que de hecho no me va lo bastante bien para preguntarte como contrapartida cómo te va. No quiero saberlo. Es que a mí no me haría tanto bien saber que a ti te va mucho más que «más o menos bien». Y doy por sentado que así es. Saludos desde lejos.
Emmi

Una semana después
Asunto: Ahora
Querida Emmi:

¡Sí, claro, me apetecía bastante!
Buenas noches.
Leo

Al día siguiente
Re:
¡Me alegro!
Buenas noches.
Emmi

Dos semanas después
Asunto: ¡Mira qué coincidencia!
¿Qué hay, Leo? ¿Es posible que «Pam» sea una belleza, alta, rubia, delgada, de piernas largas, parecida a tu hermana Adrienne? ¿Más o menos de mi edad? ¿Quizá dos o tres años menos? Mi asesor fiscal tiene su despacho a la vuelta de tu casa. (¡No, Leo, no es mi asesor fiscal por eso!) Y cuando pasé por la puerta de tu casa, salió como un rayo una de esas larguiruchas, quiero decir, una de esas mujeres más bien altas, guapas, de maquillaje pálido, como las que suelen presentar la colección de invierno en el catálogo de ventas por correspondencia. Era cien por cien norteamericana, el cuello largo, los zapatos de color marrón claro, el bolso cuadrado, el mentón afilado, especialmente diseñado para resistir tornados, y sus movimientos de mandíbula, la manera en que mascaba chicle. Seguro que eso se aprende en Boston. Debía de ser «Pam». ¡No te puedes imaginar lo sorprendida que estaba yo! ¿Qué te parece? El mundo es un pañuelo, ¿eh?
Saludos,
Emmi

Tres días después
Asunto: ¿Enfadado?
¿Estás enfadado, Leo? Para tu tranquilidad: mi próxima cita con el asesor fiscal es dentro de seis meses.

Una hora después
Fw:
Querida Emmi:
Desde luego no puedo prohibirte nada. Pero te pediría que dejaras de hacer excursiones de reconocimiento por mi barrio basándote en la casualidad y el asesoramiento fiscal. ¿Qué quieres conseguir con esto?
Saludos cordiales,
Leo
P. D.: Pamela nunca masca chicle, ni de manera norteamericana, ni de manera sudamericana, ni de ninguna otra manera.

Tres horas después
Re:
Entonces justo tendría un bocado de hamburguesa con queso en la boca. Tómatelo con un poco más de calma, Leo. ¡Era una broma! ¿Qué importa si reconozco a «Pam», o si la conozco? A lo mejor nos caemos bien, nos hacemos íntimas amigas, nos vamos de vacaciones juntas, comparamos lo que apuntamos en nuestros diarios sobre Leo Leike. Y luego compartimos un piso los tres. O los cinco, y yo cuido a los dos niños por la noche. (...) De acuerdo, ya lo dejo. No creo que te parezca muy divertido. Pensándolo bien, a mí tampoco.
¡Me voy de viaje! Os desea unos felices y tranquilos días festivos, con largas estancias en la terraza del ático 15,
Emmi

Una semana después

Asunto: La séptima ola

Hola, Leo.

Estoy sentada en mi balcón de Playa de Alojera, en la isla de La Gomera, y más allá de la bahía rocosa, con sus oscuras manchas de arena y sus blancas lenguas de sal espumosas, mi mirada se adentra en el mar hasta la línea horizontal que divide el azul claro del oscuro, el cielo del agua. No sabes lo bonito que es esto. Tenéis que venir a conocerlo sin falta. Este sitio es ideal para los enamorados. ¿Por qué te escribo? Porque me apetece. Y porque no quiero esperar en silencio la séptima ola. Sí, aquí cuentan la historia de la indómita séptima ola. Las primeras seis son previsibles y equilibradas. Se condicionan unas a otras, se basan unas en otras, no deparan sorpresas. Mantienen la continuidad. Seis intentos, por más diferentes que parezcan vistos de lejos, seis intentos... y siempre el mismo destino.

Pero ¡cuidado con la séptima ola! La séptima es imprevisible. Durante mucho tiempo pasa inadvertida, participa en el monótono proceso, se adapta a sus predecesoras. Pero a veces estalla. Siempre ella, siempre la séptima. Porque es despreocupada, inocente, rebelde, barre con todo, lo cambia todo. Para ella no existe el antes, sólo el ahora. Y después todo es distinto. ¿Mejor o peor? Eso sólo pueden decirlo quienes fueron arrastrados por ella, quienes tuvieron el coraje de enfrentarla, de dejarse cautivar.

Ya llevo una hora larga aquí sentada, contando las olas y observando qué hacen las séptimas. Aún no ha estallado ninguna. Pero estoy de vacaciones, tengo paciencia, puedo esperar. No pierdo las esperanzas. Aquí, en la costa occidental, sopla fuerte y cálido el viento del sur.

Emmi

Cinco días después
Asunto: ¿Has vuelto?
Hola, Emmi.
Gracias por tu mensaje marítimo. ¿Y? ¿Estalló la séptima ola? ¿Te dejaste arrastrar por ella?
Un abrazo,
Leo

Tres días después
Asunto: Cada siete olas
Tu historia me sonaba, así que he estado indagando sobre la séptima ola, querida Emmi. El ex prisionero Henri Charrière la describió en su novela autobiográfica *Papillón*. Tras haber encallado en la isla del Diablo, frente a las costas de la Guayana francesa, pasó varias semanas observando el mar y advirtió que cada siete olas se producía una ola más alta que las demás. Finalmente, logró que una de esas séptimas olas —a la que bautizó «Lisette»— arrastrara su balsa de cocos al mar, lo cual fue su salvación.
Pero la verdad es que sólo quería decirte que te echo de menos, Emmi.

Un día después
Sin asunto
Y la verdad es que deberías haber vuelto hace tiempo, ¿no?

Seis días después
Asunto: Calma chicha
Querida Emmi:
Sólo quiero saber si estás bien. No tienes por qué escribirme si no te apetece. Escríbeme solamente que no te apetece escribirme, si es que no te apetece. Y si por casuali-

dad te apetece, ¡escríbeme! Me alegrará, ¡y mucho! Por aquí no hay olas, ni las seis primeras, ni menos aún la séptima. El mar está en calma. Su superficie resplandece, el sol deslumbra. No espero nada. Todo está ahí, todo sigue su curso. No hay cambios a la vista. Calma chicha. Por lo menos unas palabras tuyas, Emmi. ¡Por favor!
Leo

Tres horas después
Re:
¡Todo está bien, Leo! Dentro de unos días te escribo más. Me he propuesto algunas cosas.
Emmi

Ocho días después
Asunto: Nuevo comienzo
Querido Leo:
Bernhard y yo volveremos a intentarlo. Pasamos unas bonitas vacaciones juntos, es más, unas vacaciones en armonía. Como las de antes, tan parecidas..., no, la verdad es que muy distintas, pero es igual. Sabemos lo que cada uno significa para el otro. Sabemos la suerte que tenemos de tenernos. Y sabemos que eso no lo es todo. Pero ahora sabemos también que no es necesario que lo sea. Por lo visto, una sola persona no es capaz de dárselo todo a alguien. Desde luego puedes orientar tu vida en ese sentido, puedes esperar que llegue una persona que te lo dé todo. Entonces tendrás esa maravillosa, seductora y emocionante ilusión de todo, que te hace palpitar el corazón, que te hace soportable una vida con síntomas carenciales crónicos hasta que agotas la ilusión. Entonces sólo se siente la falta. Conozco bastante bien esa sensación. Ya no significa nada para mí. Ya no aspiro al ideal. Quiero hacer lo mejor posible de algo bueno, eso me basta para ser fe-

liz. Volveré a vivir con Bernhard. El año que viene pasará mucho tiempo de viaje, en largas giras de conciertos. Está muy solicitado en todo el mundo. Así que los niños me necesitan. (¿O yo necesito a los niños? ¿Aún son niños? Es igual.) Me quedaré con mi pisito, como una zona de refugio para mi «yo a solas».

¿Y nosotros, Leo? He pensado mucho en eso. También lo he hablado con Bernhard, tanto si te parece bien como si no. Él sabe lo importante que eres para mí. Sabe que nos hemos visto un par de veces. Sabe que me gustas, sí, así también, de un modo completamente normal, físico, no virtual, así, con pies y cabeza. Sabe que habría podido imaginármelo todo contigo. Y sabe que me lo he imaginado todo contigo. También sabe cuánto sigo dependiendo de tus palabras y qué gran necesidad siento de escribirte. Sí, sabe que seguimos escribiéndonos. Lo único que no sabe es QUÉ nos escribimos. Y no se lo diré, eso sólo nos concierne a nosotros y a nadie más. Pero me gustaría que a él le pareciera algo razonable si supiera lo que nos comunicamos, acerca de qué cambiamos impresiones. No quiero engañarlo más con mis deseos insatisfechos, con mis ilusiones de todo. Quiero poner fin a mi existencia insular contigo, Leo. Quiero lo que tú, si eres honesto contigo mismo, siempre has querido: quiero —tengo curiosidad por ver si logro decirlo—, quiero, quiero, quiero... quiero que sigamos siendo amigos (¡ya está!). Amigos por correspondencia. ¿Me entiendes? No más palpitaciones. No más dolores de barriga. No más temores. No más temblores. No más expectativas. No más deseos. No más esperas. Sencillamente, mensajes de mi amigo Leo. Y si no los recibo, que no se me hunda el mundo. ¡Eso es lo que quiero! Que no se me hunda el mundo cada semana. ¿Comprendes?

Un abrazo,

Emmi

Diez minutos después
Fw:
¡Pues sí que te arrastró la séptima ola!

Cuatro minutos después
Re:
No, Leo, al contrario. No apareció. La esperé una semana. Y no llegó. ¿Quieres que te diga por qué? Porque no
existe. Era tan sólo una «ilusión de todo». No creo en ella.
No necesito olas, ni las primeras seis ni, menos aún, la
séptima. Prefiero seguir el ejemplo de Leo Leike: «El mar
está en calma. Su superficie resplandece, el sol deslumbra.
No espero nada. Todo está ahí, todo sigue su curso. No
hay cambios a la vista. Calma chicha». Así se puede vivir.
Cuando menos se duerme mejor.

Tres minutos después
Fw:
No esperes mucho de eso, Emmi. Para el oleaje suave hay
que ser la clase de persona indicada. Unos viven la calma
como paz interior, otros como eterno estancamiento.

Dos minutos después
Re:
Escribes exactamente como si fueras de los que lo viven
como estancamiento, amigo mío.

Un minuto después
Fw:
Lo he escrito pensando más bien en ti, amiga mía.

Dos minutos después
Re:

Eres muy amable, Leo. Pero en general quizá deberías pensar más en ti. En ti y en («...»). Por cierto, hace diez semanas que llevas una vida completamente nueva, una vida en pareja, y no me has dicho ni palabra. ¡Ni palabra de vuestra relación! ¡Y ESO ES LO QUE ESPERA UNA BUENA AMIGA POR CORRESPONDENCIA!
Que pases una buena tarde,
Emmi

Cinco minutos después
Fw:

Me pides demasiado, Emmi. ¡Probablemente no seas consciente de LO MUCHO QUE ME PIDES!
Leo

Cuatro días después
Re:

¡Por lo visto, demasiado!

Tres días después
Asunto: ¡Venga, Leo!

¡Venga, Leo! Concéntrate, haz un esfuerzo. Cuéntame de ti y Pamela. ¡Por favor, por favor, por favor! ¿Cómo estáis? ¿Qué tal la convivencia? ¿Ella ya se ha adaptado? ¿Se siente a gusto en el ático 15? ¿Desayuna muesli o grasientos bocadillos de atún? ¿Duerme de costado, boca abajo o boca arriba? ¿Cómo le va en el trabajo? ¿Qué cuenta de sus compañeros? ¿Adónde vais los fines de semana? ¿Qué hacéis por las noches? ¿Ella lleva tangas o ropa interior como las abuelas de Boston? ¿Cuántas veces hacéis el amor? ¿Quién suele empezar? ¿Quién acaba antes y por qué? ¿Qué hándicap tiene ella (me refiero al golf)? ¿Qué más hacéis? ¿A ella le gustan los escalopes y el *strudel* de manzana? ¿Cuáles son sus aficiones? ¿Salto con pértiga? ¿Qué otra clase de zapatos lleva (aparte de los marrón claro de Boston)? ¿Cuánto tiempo pasa secándose ese pelo rubio con el secador? ¿En qué idioma habláis? ¿Te escribe mensajes en inglés o en alemán? ¿Estás muy enamorado de ella?

Un día después
Fw:

En el desayuno bebe el clásico café con leche de Boston, con mucha agua, leche y azúcar, pero sin café. Y come pan con mermelada de albaricoque sin mantequilla. Duerme sobre la mejilla derecha y, por suerte, aún no sueña con el trabajo. Pero tu interés por todo esto es más bien escaso, ¿verdad? Lleguemos, pues, enseguida al punto culminante: ¿cuántas veces hacemos el amor? Todo el tiempo, Emmi, te lo aseguro, ¡pffffffffffffff...!, todo el tiempo. Por lo general empezamos temprano (los dos a la vez) y, sencillamente, no acabamos nunca, por ejemplo, desde hace una semana. No es nada fácil escribir al mismo tiempo mensajes platónicos para Emmi. La pregunta por la ropa interior está de más entonces. Y en los raros descansos del sexo, ella se seca el pelo rubio, que le llega a las rodillas.
¡Que pases una buena tarde, amiga por correspondencia!
Leo

Ocho minutos después
Re:

En cierto modo, la respuesta ha sido buena, Leo. ¡Tenía un no sé qué! ¡Pues ya ves, sí que puedes todavía! Que pases una buena tarde tú también. Ahora iré a comprar unos pantalones. Por desgracia, con Jonas. ¡Y, por desgracia, para Jonas! Es muy injusto lo que pasa con la moda: los que

necesitan pantalones nuevos, no los quieren (Jonas), y los que quieren pantalones nuevos, no los necesitan (yo).
P. D.: Sigo sin saber si escribís vuestros mensajes en inglés o en alemán.

Cinco horas después
Fw:
Ninguna de las dos cosas.

Al día siguiente
Re:
¿En ruso?

Diez horas después
Fw:
No nos escribimos mensajes. Hablamos por teléfono.

Tres minutos después
Re:
¡¡¡Ah...!!!

Cinco días después
Asunto: ¡Hola, Leo!
Una pura amistad por correspondencia sin matices picantes te resulta demasiado aburrida, ¿verdad?

Dos días después
Asunto: ¡Hola, Emmi!
No, te equivocas, querida Emmi. Desde que sé que no se te hunde el mundo cuando no te escribo, no me conecto

a Internet tan a menudo. Ésa es la razón por la cual los intervalos son más largos. Ruego tu comprensión y un poco de paciencia cada vez.

Tres minutos después
Re:
¿De modo que durante dos años sólo me has escrito para que no se me hunda el mundo?

Ocho minutos después
Fw:
¡Me sorprende haber aguantado otra semana entera sin tus impresionantes conclusiones inversas, querida mía!
Por cierto, contestaré tu primera pregunta con otra: la calma empieza a resultarte un poco aburrida, ¿verdad?

Cuatro minutos después
Re:
No, te equivocas, querido Leo. ¡Estás en un gran error! Estoy completamente relajada y disfruto de la tranquilidad, la paz interior y los fettucini con cangrejos de río en salsa de nata y almendras. Ya he engordado ocho kilos (o por lo menos 0,8). Y bien: ¿estás muy enamorado de ella?

Un minuto después
Fw:
¿Por qué te preocupa tanto eso, amiga por corresponden-cia?

Cincuenta segundos después
Re:

No me preocupa, sólo me interesa. Supongo que una podrá seguir interesada en los principales estados emocionales de su amigo por correspondencia, ¿no?

Cuarenta segundos después
Fw:

¿Y si digo: «Sí, estoy muy enamorado de ella»?

Treinta segundos después
Re:

Pues entonces yo diré: «Me alegro por ti. Por ti y por ella».

Cuarenta segundos después
Fw:

Pero la alegría no sonaría sincera.

Cincuenta segundos después
Re:

¡No tienes por qué preocuparte por la sinceridad del sonido de mi alegría, de verdad, querido mío! Y bien: ¿estás muy enamorado de ella?

Dos minutos después
Fw:

¡Ésos son métodos de interrogatorio emminianos, querida mía! Así no conseguirás de mí ninguna respuesta.
Pero con mucho gusto podemos volver algún día a un café y charlar sobre las cosas que nos conmueven a pesar de la calma.

Un minuto después
Re:
¿Quieres que quedemos?

Tres minutos después
Fw:
Sí. ¿Por qué no? Somos amigos.

Dos minutos después
Re:
¿Y qué le dirás a «Pam»?

Cincuenta segundos después
Fw:
Nada.

Treinta segundos después
Re:
¿Por qué no?

Cincuenta segundos después
Fw:
Porque, como ya sabes, ella no sabe nada de nosotros.

Un minuto después
Re:
Lo sé, pero ¿ha pasado algo que no se pueda saber? ¿Qué es
lo que ella no debe saber? ¿Que somos amigos por correspondencia?

Dos minutos después
Fw:

Que hay una mujer a la que le contesto esa clase de preguntas.

Cincuenta segundos después
Re:

De todos modos no las contestas.

Un minuto y medio después
Fw:

¿Por qué crees que llevo casi media hora sentado frente al ordenador, Emmi?

Treinta segundos después
Re:

Buena pregunta. ¿Por qué?

Cincuenta segundos después
Fw:

Para cambiar impresiones contigo.

Un minuto después
Re:

Así es. «Pam» no lo entendería. Preguntaría: «¿Por qué no habláis por teléfono? Os ahorraríais cuatro quintas partes de tiempo».

Cuarenta segundos después
Fw:
Así es. Y después de esas llamadas yo podría colgar con desenfado.

Cincuenta segundos después
Re:
Así es. Los mensajes son más flexibles que los teléfonos. ¡Vaya suerte la mía!

Cuarenta segundos después
Fw:
Así es. Y con los mensajes también se comparten los intervalos.

Treinta segundos después
Re:
Así es. Eso es lo peligroso.

Cuarenta segundos después
Fw:
Así es. Y al mismo tiempo adictivo.

Cincuenta segundos después
Re:
Así es. Por suerte voy bien con la cura de desintoxicación. A propósito: me despido por hoy, querido amigo por correspondencia. Bernhard está cocinando, lo vigilaré de cerca. ¡Buena suerte!
Emmi

Capítulo 14

Ocho días después
Asunto: Café
Hola, Emmi.
¿Vamos a tomar un café?

Cuatro horas después
Re:
Mira qué idea tan espontánea acaba de ocurrírsele a Leo, mi amigo por correspondencia, después de una semana de sólido silencio con estancamientos.

Tres minutos después
Fw:
No quería distraeros mientras cocinabais y os vigilabais de cerca, querida Emmi.

Dos minutos después
Re:
¡Que no te dé vergüenza, querido Leo! Si no, te invitamos a comer ahora mismo. «Pam» también puede venir si le apetece, desde luego. ¿Come cangrejos de río?

Un minuto después
Fw:
Tu nuevo humor de comunidades ensalzado en tono amistoso resulta estrafalario incluso para tu punto de vista, querida Emmi. Y bien: ¿vamos a tomar un café?

Cinco minutos después
Re:
Querido Leo:
¿Por qué no dices: «Quiero ir...»? ¿Por qué preguntas: «¿Vamos...?»? ¿Es que ni tú mismo sabes si quieres? ¿O te reservas el derecho de no querer tú tampoco en caso de que yo no quiera?

Cincuenta segundos después
Fw:
Querida Emmi:
Quiero ir a tomar un café contigo. ¿Tú quieres también? Si no quieres, yo tampoco quiero, pues no quiero hacerlo contigo (ir a tomar un café) contra tu voluntad. Y bien: ¿vamos?

Cinco minutos después
Re:
Sí, podemos hacerlo, Leo. ¿Cuándo y dónde sugieres?

Tres minutos después
Fw:
El martes o el jueves, sobre las cuatro o cinco de la tarde. ¿Conoces el café Bodinger, en la Dreisterngasse?

Cuarenta segundos después
Re:
Sí, lo conozco. Está bastante poco iluminado.

Cincuenta segundos después
Fw:
Depende de dónde te sientes. Justo debajo de la araña grande es tan luminoso como el café Huber.

Treinta segundos después
Re:
Y tú quieres sentarte justo debajo de la araña grande.

Cuarenta segundos después
Fw:
Me da igual dónde sentarme.

Veinte segundos después
Re:
A mí no.

Cuarenta segundos después
Fw:
¿Dónde prefieres sentarte, Emmi? ¿Debajo de la araña o en un rincón oscuro?

Treinta segundos después
Re:
Depende de con quién.

Veinte segundos después
Fw:
Conmigo.

Veinte segundos después
Re:
¿Contigo? Aún no lo he pensado, querido mío.

Treinta segundos después
Fw:
Pues piénsalo, querida mía.

Un minuto después
Re:
Está bien, ya lo he pensado. Contigo me gustaría sentarme a mitad de camino, entre los asientos de los rincones y las mesas que están debajo de la araña grande, donde la luz deja de ser débil y se vuelve intensa. ¿El jueves, a las 16.30?

Cincuenta segundos después
Fw:
¡El jueves, a las 16.30, está perfecto!

Cinco minutos después
Re:
¡Ah...! ¿Y qué esperas de nuestra... —uno, dos, tres (!), cuatro...— quinta cita?

Dos minutos después
Fw:

Así como cada encuentro fue diferente de todos los demás, espero que éste también sea diferente de todos los anteriores.

Cincuenta segundos después
Re:

Porque ahora somos amigos.

Treinta segundos después
Fw:

Sí, quizá también por eso. Y porque uno de «nosotros» se encarga muy bien de esgrimir el concepto de amistad.

Cinco minutos después
Re:

¿Cuál ha sido el mejor encuentro, Leo?

Cincuenta segundos después
Fw:

El que por el momento es el último, el cuarto.

Dos minutos después
Re:

¡Pues no te lo has pensado mucho! ¿Porque fue el más breve? ¿Porque tuvo un final (relativamente) claro? ¿Porque el futuro ya estaba encauzado? ¿Porque «Pam» estaba a punto de llegar?

Cuarenta segundos después
Fw:
Por tu «recuerdo», Emmi.

Treinta segundos después
Re:
¡Ah...! ¿Lo recuerdas?

Veinte segundos después
Fw:
No necesito recordarlo. Nunca he podido olvidarlo. Lo llevo siempre conmigo.

Cuarenta segundos después
Re:
Pero no dijiste una palabra al respecto.

Treinta segundos después
Fw:
Las palabras no llegan a tanto.

Cuarenta segundos después
Re:
En nuestro caso, hasta ahora las palabras han llegado a todo.

Treinta segundos después
Fw:
Hasta ahí no. Ahí no las dejo entrar. «Eso» lo ocupa todo.

Veinte segundos después
Re:

¿Entonces «lo» sigues sintiendo igual que antes?

Veinte segundos después
Fw:

¡Y tanto!

Cuarenta segundos después
Re:

¡¡¡Está muy bien, Leo!!! (Pausa. Pausa. Pausa.) Bueno, y ahora volvemos a ser amigos.

Treinta segundos después
Fw:

Sí, amiga por correspondencia, eres libre. Puedes vigilar de cerca a Bernhard mientras cocina. ¡Que lo pases bien!

Cuarenta segundos después
Re:

De acuerdo, amigo por correspondencia, y tú puedes ver cómo «Pam» se seca el pelo. Que lo pases bien tú también.

Treinta segundos después
Fw:

Ella se seca el pelo por la mañana, entre las siete y las siete y media (menos los fines de semana).

Cincuenta segundos después
Re:
Esta vez no quería saberlo con tanto detalle.

Cuatro días después
Asunto: Café Bodinger
Hola, Emmi.
¿Sigue en pie lo de esta tarde?
Un abrazo,
Leo

Una hora después
Re:
Hola, Leo.
Sí, desde luego. Sólo que..., ha surgido un problemita de organización. Pero es igual. No, en realidad no es ningún problema. Sigue en pie lo de esta tarde entonces. A las cuatro y media. ¡Hasta luego!

Tres minutos después
Fw:
¿Aplazamos..., perdón, quieres que aplacemos la cita, Emmi?

Dos minutos después
Re:
No, no, no. Todo está en orden. Sólo que..., no, en realidad no es ningún problema. ¡Hasta luego, amigo por correspondencia! ¡Me hace ilusión verte!

Cuarenta segundos después
Fw:
A mí también.

A la mañana siguiente
Asunto: Invitado sorpresa
Hola, Leo.
¡Le caes bien!

Una hora después
Fw:
Me alegro.

Cuarenta minutos después
Re:
¿Estás enfadado? No hubo más remedio, Leo. Su clase de trabajos manuales se suspendió y quiso venir conmigo a toda costa. Quería conocerte. Quería saber qué aspecto tiene una persona que lleva dos años escribiéndole mensajes a alguien (no, a alguien no, a su madre). Es que le parece bastante perverso lo que hacemos, mejor dicho, lo que no hacemos. Tú eras para él un extraterrestre, y por eso doblemente interesante. ¿Qué tendría que haber hecho? ¿Tendría que haberle dicho: «No, Jonas, no es posible, ese hombre del extraño planeta "Outlook" es sólo para mí»?

Diez minutos después
Fw:
Sí, Emmi, estoy enfadado, ¡y mucho! ¡TENDRÍAS QUE HABERME DICHO ANTES que traerías a Jonas! Entonces podría haberme preparado.

Cinco minutos después
Re:
Entonces habrías cancelado nuestra cita. Y yo me habría sentido desilusionada. Ahora, en cambio, estoy impresionada por lo bien que estuviste, por la atención con que lo escuchaste, por lo cariñoso que fuiste con él. Es mejor así, ¿no crees? En todo caso, Jonas está encantado contigo.

Tres minutos después
Fw:
¡Cuánto se alegrará su padre!

Ocho minutos después
Re:
No subestimes a Bernhard, Leo. Ya hace mucho que él no te considera un competidor. Las cosas están claras. ¡Por fin lo están! Y por muy decepcionante que sea para ti, tenemos una «relación de conveniencia». La tenemos de nuevo. ¡Y es buena! Pues tarde o temprano una relación sólo puede ser una relación de conveniencia, cualquier otra cosa sería tan, tan, tan... inconveniente, desde el punto de vista de la relación, no sé si me entiendes.

Dos minutos después
Fw:
Y yo soy el nuevo integrante de vuestra relación de conveniencia. ¿Quieres decirme qué función cumplo yo en vuestro sistema de conveniencia? ¿Debería concentrarme más en el hijo después de brindar asistencia virtual a la madre?

Un minuto después
Re:
Querido Leo:
¿De veras fue tan terrible esa hora con Jonas? Créeme, a él le hizo bien verte y charlar contigo. Tus explicaciones sobre los métodos de tortura medievales le parecieron estupendas. Quiere saber más al respecto.

Siete minutos después
Fw:
Me alegro, Emmi. Es un chico simpático. Pero para ser sincero, muy, muy sincero..., es probable que tú no lo entiendas, ninguna mujer que tenga una relación de conveniencia con hijos de una relación de conveniencia lo entendería, es más, es algo absurdo, arrogante, presuntuoso, incluso megalómano, una manía mía, descabellada, irreal, de otro mundo, extraterrestre. Es igual, te lo diré de todos modos: en realidad yo quería verte A TI y hablar CONTIGO, Emmi. Por eso quedé CONTIGO. A solas los dos.

Dos minutos después
Re:
Vernos, nos vimos (para mi satisfacción). Y lo de hablar podemos remediarlo. ¿Tienes tiempo la semana que viene? ¿Martes, miércoles, jueves? ¿Quizá un rato más incluso?

Tres horas después
Asunto: Hola
Hola, Leo.
¿Sigues estudiando tu agenda?

Cinco minutos después
Fw:
La semana que viene me voy con Pamela a Boston.

Tres minutos después
Re:
¡Ah...! Mira tú. Ya. Mmm... Comprendo. ¿Algo serio?

Un minuto después
Fw:
De eso, entre otras cosas, me habría gustado mucho hablarte.

Cuarenta segundos después
Re:
Entonces no te andes con rodeos, ¡hazlo sin más! ¡Por escrito!

Diez minutos después
Sin asunto
¡Por favor! (¡Por favor, por favor, por favor!)

Una hora después
Sin asunto
De acuerdo, ¡no lo hagas y oféndete! Te sienta bien, Leo. Adoro a los hombres ofendidos. Me parecen tremendamente eróticos. Ocupan el primer lugar en mi lista erótica: hombres que corren carreras de coches, hombres que visitan ferias de turismo, hombres con sandalias, hombres que beben cerveza en las fiestas populares y hombres ofendidos. Buenas noches.

A la tarde siguiente
Asunto: Ilusión de todo
Hola, Emmi.

No es fácil explicarte mi situación, pero lo intentaré. Empezaré con una cita de Emmi: «Una sola persona no es capaz de dárselo todo a alguien». Tienes razón. Eres muy sabia. Muy sensata. Muy razonable. Con esa idea en mente nunca corres el riesgo de pedirle demasiado al otro. Y puedes contentarte con hacer aportaciones particulares a su felicidad sin sentir remordimientos. Así se ahorra energía para los tiempos difíciles. Así es posible convivir. Así es posible casarse. Así es posible criar niños. Así es posible cumplir promesas, así es posible establecer «relaciones de conveniencia», consolidarlas, descuidarlas, sacudirlas, salvarlas, volver a empezar, afrontar las crisis y superarlas. ¡Grandes tareas! Lo respeto, en serio. Sólo que yo no puedo así, no quiero así, no pienso así. Aunque ya soy adulto y por lo menos dos años mayor que tú, hay algo que sigo conservando y (aún) no estoy dispuesto a perder: la «ilusión de todo». La realidad: «Una sola persona no es capaz de dárselo todo a alguien». Mi ilusión: «No obstante, tendría que desearlo. Y no debería dejar de intentarlo nunca».

Marlene no me amaba. Yo estaba dispuesto a dárselo «todo», pero mi oferta no le interesaba demasiado. Aceptó una parte agradecida o por piedad, el resto me dio a entender que podía quedármelo. En total sólo alcanzó para unas pocas tentativas de despegue. Los aterrizajes no tardaban en llegar y eran extremadamente bruscos, al menos para mí.

Con Pamela es distinto. Ella me ama. Me ama de verdad. No temas, Emmi, no volveré a aburrirte ahora con detalles sobre nuestros puntos en común. El problema es que Pamela no se siente a gusto aquí. Tiene nostalgia, añora a su familia, a sus amigos, a sus compañeros de trabajo, sus bares, sus costumbres. Procura que no se le note, quiere ocultármelo, quiere ahorrármelo, porque sabe que no tiene nada que ver conmigo, y porque da por supuesto que no puedo cambiarlo.

Pues bien, compré dos billetes para Boston y le di una sorpresa. Estaba tan contenta que derramó lágrimas para todo un año. Desde entonces parece otra, como si estuviera bajo los efectos de drogas de la felicidad. Da por sentado que sólo serán dos «semanas de vacaciones», pero yo no descarto la posibilidad de que acaben siendo más. Sin decírselo, he concertado algunas entrevistas de trabajo en institutos de filología germánica, quizá a largo plazo surjan posibilidades de trabajo para mí.

No me apetece irme a Boston, Emmi, para nada. Me gustaría mucho quedarme aquí (por distintos motivos, no, por distintos motivos no, por uno muy concreto). Pero es un motivo tan... ¿Cómo dirías tú? «Es un motivo tan, tan, tan inmotivado...» Carece de todo fundamento. Es una idea absurda. No, peor aún: es una intuición absurda.

Es probable que mi futuro con Pamela, si es que existe, se halle a miles de kilómetros de aquí. Creo que a mí me costará menos que a ella habituarme y adaptarme a un nuevo entorno.

Su estado de felicidad me motiva. Quiero seguir viéndola como la he visto estos últimos días. Y quiero que ella me siga mirando como me mira desde hace unos días. Me mira como a un hombre que tiene la capacidad de dárselo «todo». No, no es la capacidad, es sólo la disposición. En medio hay ilusión. Quiero conservarla por un tiempo. ¿Para qué merece la pena vivir si no es para las ilusiones de «todo»?

Dos horas después
Re:

«Ella me ama. Me ama de verdad.» «Quiero dárselo todo.» «A mí me costará menos habituarme y adaptarme.»

«Su estado de felicidad me motiva.» «¡Si siguiera mirándome como me mira desde hace unos días!» (...)

¡Leo, Leo, Leo! Para ti amar significa tener en tus manos el poder de hacer feliz a otra persona. PERO ¿DÓNDE ESTÁS TÚ? ¿Qué hay de tu felicidad? ¿Qué pasa con tus deseos? ¿Es que no tienes ninguno propio? ¿Sólo los de «Pam»? ¿Los tuyos te parecen meras intuiciones absurdas? Siento pena por ti. No, por mí. No, por los dos. Por alguna razón, ésta es una noche triste. Oscuro final de la primavera. Calma chicha. Estancamiento. Estoy bebiendo un whisky. Y luego decidiré si bebo otro. Es que yo actúo siguiendo mis propios deseos. Y busco MI felicidad. Por suerte. O por desgracia. Ni idea. Eres un amor, Leo. Eres un amor, de verdad. Pero ¿sólo puedes ser amado? ¿O podrás amar tú también alguna vez?

Buenas noches,

Emmi

Dos días después
Asunto: Cuatro preguntas
1) ¿Qué tal estás?
2) ¿Cuándo os marcháis?
3) ¿Me escribes unas palabras más?

Tres minutos después
Fw:
¡Son sólo tres preguntas!

Treinta segundos después
Re:
Lo sé. Sólo quería comprobar si aún eres lo bastante mundanal para contar.

Ocho minutos después
Fw:

Respecto a 1), estoy regular. He pillado una «intuición absurda» de otra índole: una infección intestinal. Antes de viajar con alguien, siempre me enfermo. Lo mismo me pasaba con Marlene.

Respecto a 2), nos vamos mañana por la mañana (siempre y cuando el váter entre en mi equipaje de mano).

Respecto a 3), ¿unas palabras más? Emmi, tu mensaje del oscuro final de la primavera me deprimió mucho. No sabía qué contestar. No existen instrucciones de uso con un plano general para el descubrimiento y rescate de la felicidad. Cada uno busca la suya a su manera y en aquellos sitios donde cree que es más probable hallarla. Pero tal vez esperar de ti unas palabras alentadoras para mi «proyecto Boston» era pedir demasiado.

Treinta minutos después
Re:

Tienes razón, Leo. Perdona, pero para mí «Boston» está plagado de connotaciones negativas, ya nada es posible allí. Créeme: tu disposición a dárselo «todo» a una mujer me parece notable, valiente, fascinante. (He borrado «noble» y «cortés».) Te deseo lo mejor, la mayor felicidad posible. Dejando aparte las instrucciones de uso y el plano general, justamente, cada uno define la felicidad a su manera: yo, más bien por mí; tú, por lo visto, más bien por «Pam». Espero que todo te salga como querías. ¡Ah!, mi terapeuta dijo que antes de que viajes quizá podría informarte de que me alegraré si vuelves, quiero decir, si vuelves dentro de dos semanas. Dijo que puedo admitir sin miedo que en cierto modo espero tu regreso, porque por alguna razón me parece tan, tan, tan... me parece bien que estés ahí, que vuelvas a estar ahí, me parece muy bien. ¿Entiendes? Y prueba con galletas de arroz, no con bananas. Las bananas no dan resultado. Las bananas son la mayor mentira de la historia de la diarrea. ¡Buena suerte, querido mío!

Cinco minutos después
Fw:
¿Y la cuarta?

Dos minutos después
Re:
¡Ah, sí, la cuarta!
4) ¿Quedamos un día los cuatro cuando vuelvas? Fiona quiere conocerte. Jonas le contó que te pareces a Kevin Spacey, pero sin pelo. Fiona adora a Kevin Spacey, incluso sin pelo, aunque a mi juicio es uno de sus rasgos más interesantes. De todos modos creo que Jonas confunde a Spacey con ese actor de familias burguesas, el de cara alargada, ¿cómo se llama? Es igual. ¿Volvemos a vernos pronto, Leo? ¡Di que sí!

Un minuto después
Asunto: ¡DI QUE SÍ!
¡Mira el asunto y hazlo!

Cincuenta segundos después
Fw:
¡Sí! ¡Sí! ¡Sí! Perdón, estaba en el lavabo. Y la siguiente frase no puede ser muy larga, de lo contrario tendré que interrumpirla por la mitad.
¡Hasta pronto, querida mía!

Capítulo 15

Ocho días después
Asunto: Mi hogar eres «tú»
Querida Emmi:
Boston me tiene enteramente dominado desde hace una
semana. Una vez que la ciudad atrapa a alguien, no da su
brazo a torcer. Pamela conoce a una de cada cinco familias de por aquí, de las cuales una de cada dos nos invita a
comer. En otras palabras: comemos unas ocho veces al
día en casa de algún conocido. Sin contar las visitas a fa-
miliares. Puede que te suene muy burgués, pero me siento a gusto. La cordialidad de esta gente se me contagia, de
la mañana a la noche veo caras afables, sonrientes, ra-
diantes. Y eso se refleja en mí. Ya sabes que tengo un
modo bastante peculiar de acceder a la felicidad. En general, se abre a mí desde fuera, raras veces viene de mi
interior. Eso ocurre raras veces, pero ocurre. ¡Es bueno
pensar en ti, Emmi! Tengo que darle más relevancia a esta
frase: ¡ES BUENO PENSAR EN TI, EMMI! Tenía muchísimo
miedo de que renacieran mis antiguos y dolorosos sentimientos bostonianos de refugio y escondite. Te agradezco mucho que no hayas cerrado la puerta falsa por la que
en aquel entonces hui de lo «nuestro». Ahora, aun desde
tan lejos, puedo estar «en casa» sin sentir punzadas en el
corazón: mi hogar está donde estás tú, Emmi. Me alegra
saber que pronto volveremos a estar espacialmente más
cerca. Me hace ilusión nuestra próxima cita. Si quieres,
puedes traerte contigo a algunos de tus adolescentes hijos sorpresa. Y algún día te diré algo acerca de ti, de «eso»
y de mí. Bueno, y ahora nos vamos a cenar a lo de Ma-

ggy Wellington, una amiga de Pamela de la universidad.
Hasta pronto,
Leo, tu amigo por correspondencia

Cuatro días después
Asunto: ¿Llegó?
Querida Emmi:
Hace unos días te mandé un mensaje desde aquí, de Boston.
No sé si lo recibiste. A mí me llegó un mensaje de error.
Te resumo el contenido en dos frases: 1) estoy bien, pero/y te
echo de menos, 2) espero con ilusión nuestra próxima cita.
Hasta pronto,
Leo, tu amigo por correspondencia

Tres días después
Asunto: ¿Llegaste?
Hola, Leo.
¿Ya has vuelto? ¿Te ha recobrado el hogareño ático 15?
Gracias por tu amable correo norteamericano. Te resumo
geográficamente tus dos mensajes de la costa este como
sigue: 1) tu hogar está donde está Emmi, tu amiga por
correspondencia, 2) Boston es el lugar donde resplande-
cen las caras y donde puedes hacer feliz a «Pam» desde
dentro (y, al mismo tiempo, a ti mismo desde fuera). Una
pregunta: ¿sabes ya cuál es tu sitio?, ¿desde cuándo?
Un afectuoso saludo,
Emmi
Y... ¡venga!: dime algo acerca «de ti y de "eso" y de mí».

A la mañana siguiente
Asunto: ¿Te demoraste?
¿O ya te quedas en Boston?

Siete horas después

Sin asunto

Querida Emmi:

Ayer cometí un grave error. Le conté de ti a Pamela. Volveré a escribirte cuando pueda. ¡No esperes, por favor!

Un abrazo,

Leo

Diez minutos después

Re:

¡¡¡Ah, Leo...!!! ¿Por qué siempre tienes que hacer las cosas sensatas en el momento más insensato? De acuerdo, no espero.

Un abrazo,

Emmi

Un día después

Sin asunto

No, no espero.

Un día después

Sin asunto

Como ya he dicho, no espero.

Un día después

Sin asunto

No espero, no espero.

Un día después

Sin asunto

No espero, no espero, no espero.

Un día después
Sin asunto
No espero, no espero, no espero, no espero.

Un día después
Asunto: ¡Basta!
¡Estoy harta de no esperar! ¡Esperaré!

Seis horas después
Asunto: ¿Leeeo?
¿No quieres escribirme más, no puedes escribirme más o no debes escribirme más? ¿Qué es lo que le contaste de mí? ¿QUÉ? ¿QUÉ? ¿QUÉ? Leo, si defines tu felicidad por mi felicidad aunque sólo sea un poco, lo notarás de todos modos: estás haciéndome muy infeliz. Haz el favor de usar el poder que tienes en tus manos. ¡Deja ya de callar con rodeos!
Te saluda amargamente,
Emmi

Una hora después
Asunto: ¡Asesor fiscal!
Tú me obligas a hacerlo, Leo: contaré hasta diez y luego llamaré a mi asesor fiscal y concertaré una cita para mañana. Ya sabes lo que eso significa. Y hablo perfectamente inglés americano cuando se trata de aclarar asuntos personales. Uno. Dos. Tres. (...)

A la mañana siguiente
Asunto: Ultimátum
Hola, Leo.
Mi psicoterapeuta cree que debería escribirte un último mensaje, debería decirte que de verdad será el último men-

saje si no me contestas pronto —más que pronto, ahora mismo— y realmente debería ser el último mensaje. ¡Eso te lo garantizo! También cree que debería proponerte que nos veamos y hablemos de todo. Y que debería añadir sin falta que de ninguna manera quiero que «Pam» sepa de esa cita o se entere después, ya que se trata de un asunto entre nosotros dos y nadie más. ¿Ha sido ahora lo bastante clara mi terapeuta?

En espera de tu inmediata respuesta, te saluda

Emmi

Tres horas después

Fw:

Querida Emmi:

Dame un poco más de tiempo, por favor. Pamela está muy confundida, se mete en su concha. Debo recuperar su confianza y desarrollar una base para conversar con ella. Tu psicoterapeuta seguramente me dará la razón en que debería «arreglarme» con ella antes de que nosotros dos, tú y yo, nos encontremos. Mi conflicto con Pamela aún no está resuelto, quizá ni siquiera se haya desencadenado del todo. Ella tiene que hablar de una vez, soltarlo, decirme a la cara qué es lo que tanto le molesta, lo que la hace sufrir, lo que tiene que reprocharme. Estoy ante un túnel oscuro que debo recorrer con ella. Tú no puedes venir, tienes que quedarte fuera, al aire libre. Pero una vez que haya salido, te lo contaré todo, todo lo que nos concierne a ti y a mí. ¡Te lo prometo! Ten paciencia, querida Emmi, ¡y no me dejes, por favor! Hace tiempo que no me sentía tan mal.

Una hora después

Re:

Yo no te dejo, querido Leo. Eres TÚ quien me dejará a mí. Recorrerás con «Pam» el túnel oscuro, al final del cual os espera la radiante luz del sol bostoniano. No te preocupes, te «arreglarás» con ella. Y el «arreglo» sólo puede significar una cosa: no más contacto entre tú y yo. Es la única posibilidad de conservar tu «ilusión de todo» que se tambalea. No tengo ni la más remota idea de qué le habrás contado sobre nosotros. Por lo visto, no que somos viejos conocidos o amigos que se escriben de vez en cuando. Si «Pam» sabe aunque nada más sea una parte de toda la verdad, yo en su lugar a cada minuto te gritaría con un megáfono al oído: *«Never ever Emma again!»*. Probablemente ella sea más tímida, más prudente, más cortés. Tan sólo lo pensará. Pero eso no altera en nada tu consecuencia lógica: ¡basta de Emmi! «Pam» te lo exigirá. ¡Y la comprendo! Y tú lo harás. Te conozco. Bueno, Leo, y ahora tienes todo el tiempo del mundo para «arreglarte». Primero con ella, luego conmigo. Y en algún momento quizá también contigo. Es lo que más te desearía.

Un abrazo,

Emmi

Tres días después

Asunto: Spiderman

Hola, Leo.

Debo darte recuerdos de parte de Jonas. Él quiere ir al cine contigo (y conmigo, si es indispensable que yo esté presente): *Spiderman 3*. Si tienes vértigo, también puede ser *El retorno del Jedi*. Su padre se fue de gira por Asia tres semanas. Allí toca cada día en salas de conciertos llenas. Y cuando las salas de conciertos asiáticas están llenas, lo están cinco veces más que las nuestras.

En realidad sólo quería decirte que, tal como te lo había prometido, aún no te he dejado.

Un abrazo,

Emmi

Diez minutos después
Fw:
¡¡¡Gracias, Emmi!!!

Un minuto después
Re:
Pues ya ves, Leo, con eso me basta. Escríbeme una vez a la semana «Gracias, Emmi», sin olvidar los tres signos de admiración, y resistiré fácilmente unos años más «al aire libre».

Cuatro días después
Asunto: Calor
Hace calor hoy, ¿eh?
(Si te falta el tiempo o la fuerza para pensar una respuesta, te sugiero: «¡¡¡Sí, mucho calor!!!» o «¡¡¡Hay que beber mucha agua!!!». ¡¡¡No olvides los signos de admiración, por favor!!!)

Siete horas después
Sin asunto
Qué lástima. Esta vez contaba contigo.

A la tarde siguiente
Asunto: Lucecilla
¿Sigue muy oscuro el túnel? ¿O ya divisas una lucecilla en el horizonte? ¿Arde? Entonces soy yo. (Me he quemado con el sol.)

A la mañana siguiente
Asunto: ¿Qué exactamente?

Querido Leo:

¿Qué es lo que le contaste a «Pam» de nosotros? ¿Mencionaste los aspectos espinosos? Por ejemplo:

a) que mantenemos una relación epistolar desde hace dos años y medio,

b) que huiste a Boston para no poner en peligro mi matrimonio,

c) que cuando volviste nos reencontramos en la red y nos vimos cinco veces sin red,

d) que una vez llegamos a tener relaciones sexuales,

e) cuándo fue d), en qué circunstancias ocurrió d), y qué te pareció d),

f) que hasta nos vimos unos minutos la víspera de su llegada,

g) lo que te dejé como «recuerdo» aquel día.

¿Te escabulliste medianamente bien por lo menos? Diciendo, por ejemplo:

h) que ahora nuestra relación puede definirse como «entrañable, platónica, amistosa»,

i) que nuestra relación epistolar no representa ningún perjuicio para vuestra convivencia,

j) que yo no te quito a ti nada de ella ni a ella nada de ti,

k) porque de todos modos he vuelto con mi familia para continuar mi muy conveniente relación de conveniencia tras un merecido respiro,

l) y que de todos modos vosotros dos emigraréis a Boston en breve.

Cinco minutos después
Fw:

a), b), c), d), e), f), h), i), j), k) y l).

Un minuto después
Re:

¿Todo? ¿La gama completa? ¿Estás loco, Leo? Yo de ella no te mandaba a la luna de una patada sólo porque entonces estarías demasiado lejos para arrancarte los pelos de la barba uno por uno.

Treinta segundos después
Re:

Por lo demás, ya sabía yo que se podría discutir perfectamente contigo.

Cuarenta segundos después
Re:

¡Eh, Leo! Acabo de verlo ahora mismo: todo menos g). Omitiste g). Es cierto que le confesaste a «Pam» que estuviste implicado conmigo en un acto sexual. Hasta le explicaste lo que sentiste (mejor dicho, lo que sentiste distinto o lo que no sentiste). ¿Pero no le dijiste lo que te dejé como recuerdo mío? ¿Por qué no?

Un minuto después
Fw:

Porque por lo menos el más profundo y hermoso de nuestros secretos tenía que seguir siendo tuyo y mío.

Dos minutos después
Re:

Bien es verdad que he tenido que leer la frase dos veces, pero era bonita. O, en tu jerga de la escasez: ¡¡¡gracias, Leo!!!

Seis días después
Asunto: ¿Te perdí?
Querida Emmi:
¿Me has dejado? Ni siquiera podría tomármelo a mal.

Un día después
Asunto: ¿Cuándo?
Eres tú el callado, Leo. Dilo ya: ¿cuándo os marcháis a Boston?

Cinco minutos después
Fw:
Por favor, Emmi, tenme paciencia unos días más. Dentro de una semana te lo diré todo. ¡TODO!

Siete minutos después
Re:
¿Dentro de una semana podrás decírmelo TODO? ¿O tendrás que decírmelo TODO? ¿Pam puede saber que dentro de una semana me lo dirás TODO? ¿O incluso te exige que dentro de una semana me lo digas TODO? ¿Por qué precisamente dentro de una semana? ¿Qué ocurrirá esta semana? De acuerdo, ya veo que no lo sabré hasta dentro de una semana. ¡Adiós! ¡Hasta dentro de una semana!

Cuatro minutos después
Asunto: Istria
¡Ah!, por cierto: en una semana y dos días vuelve Bernhard de Japón. Y en una semana y cuatro días nos vamos de vacaciones a Istria con los niños. Si tienes pensado verme antes para decírmelo TODO, haz el favor de ser puntual con tu agenda.

Te desea una semana de éxito,
Emmi

Seis días después
Asunto: Va siendo hora
Hola, Leo.
Mañana se cumple una semana. ¿Qué pasa con TODO?
¿Dónde está TODO? ¿Qué es TODO?

Un día después
Asunto: Todo (acabó)
Querida Emmi:
Pamela y yo hemos terminado. Ella se marcha sola a Boston el lunes. Eso es TODO.

Diez minutos después
Re:
Querido Leo:
Es mucho, lo admito. Pero no puede haber sido TODO. No puede HABER SIDO todo de repente. No me lo creo. ¡Ánimo! ¿Quieres que nos veamos? ¿Quieres desahogarte hablando y llorando? A partir de este momento estoy a tu disposición, por así decir, las veinticuatro horas, y durante dos días enteros. Si quieres verme, veámonos. Si no sabes si deberías verme, veámonos. Si no sabes si no quieres ver a nadie, debes verme a mí. Sólo si estás seguro de que no sabes si sería bueno para ti que nos viéramos, porque no puedes saberlo, no nos veamos. O sí, ¡veámonos también! Bueno. Basta ya. No quería ofrecerme con más discreción. No puedo ofrecerme con menos discreción. Y nunca más volveré a ofrecerme con tan poca discreción. ¡De verdad!

Quince minutos después
Fw:

Querida Emmi:
Dentro de unas pocas horas estaré en un tren con rumbo a Hamburgo. Voy a visitar a mi hermana Adrienne y me quedo con ella hasta el martes. Tú te marchas con tu familia a Croacia el miércoles, ¿no es así? Pues entonces es probable que no nos veamos hasta que vuelvas. Sé que te mueres por saber qué ha pasado, Emmi. Estás en tu derecho. Y yo tengo necesidad de contártelo. ¡De verdad! Lo sabrás, en todas sus facetas, te lo prometo. Esperemos a Hamburgo y Croacia. Tengo que ver las cosas más claras. Necesito distancia (de Pamela y de mí mismo). De ti no, Emmi. Créeme, ¡de ti no!

Ocho minutos después
Re:

De todos modos tu distancia respecto a mí no podría ser mayor, querido mío. ¡Me vuelves loca con tus eternas dilaciones, negativas, promesas y lacónicos cambios de opinión, Leo! Es probable que, cuando yo regrese de Istria, tú anuncies tu compromiso con «Pam». Y por desgracia aún no podrás contarme ninguna «faceta» de esa decisión. Primero tendrás que «ver las cosas más claras». ¡No puedo más, Leo! No te enfades, pero sea lo que sea que estés esperando esta vez para decirme algo con fundamento sobre ti, yo ya no espero más contigo. Desde que te conozco estoy esperando. En estos últimos dos años y medio he esperado tres veces más que en los treinta y tres anteriores. ¡Si por lo menos en algún momento hubiese sabido qué esperaba...! Me he hartado de esperar. Definitivamente he terminado de esperar. ¡Lo siento! (Bueno, ya puedes volver a guardar silencio y estar enfurruñado.)

Un minuto después
Fw:
No, Emmi, no guardo silencio ni estoy enfurruñado. Me marcho a Hamburgo. Y volveré. Y te escribiré. Y no anunciaré ningún compromiso.
Un abrazo,
Leo

Capítulo 16

Cinco días después

Asunto: Despedida de Pamela

Buenos días, querida Emmi.

¡Saludos del ático 15 al Mediterráneo! Estoy de vuelta. He vuelto. He vuelto a ser yo. Estoy sentado frente a mi ordenador portátil en la terraza. A mis espaldas: uno de esos pisos de hombre, enteramente desnudos, que acaban de ser abandonados por una mujer.

Ayer hablé por teléfono con Pamela. Llegó bien, en Boston está lloviendo. Es asombroso, ya podemos volver a hablar, con asperezas, por cierto, con la garganta seca, con dificultades para tragar, con sonidos de ahogo, rechinando los dientes, pero podemos hablar. Hace apenas una semana realizamos la hazaña de dejarnos al unísono, sin previo aviso y sin mencionar los motivos. Yo inicié: «Pamela, creo que deberíamos...». Pamela completó: «... romper. Tienes razón».

Quedamos en paz, fracasamos juntos, de un modo rotundo, elegante, perfecto, «sincronizado». Nos enseñamos nuestras decepciones, las amontonamos y las repartimos de manera equitativa. Cada uno tomó su mitad. Así fue como nos separamos.

Al despedirnos, nos abrazamos, nos besamos y nos dimos una palmada en el hombro. De ese modo, sin decirlo, nos dimos «nuestro más sincero pésame». Los dos lloramos, porque nos conmovían las lágrimas del otro. Fue como un entierro, como si hubiésemos perdido un pariente común. ¡Y lo perdimos! Sólo que lo conocíamos por distintos nombres. Para Pamela se llamaba confianza, para mí, ilusión. (Continuará, enviaré esto y me haré un café. ¡Hasta ahora!)

Diez segundos después
Asunto: Aviso de ausencia
EN ESTE MOMENTO ESTOY DE VACACIONES Y NO VOLVERÉ A ACCEDER A MIS MENSAJES HASTA EL 23 DE JULIO.
SALUDOS CORDIALES,
EMMI ROTHNER

Treinta minutos después
Fw:
Ya contaba con eso, Emmi. ¡Y está muy bien! No tengo idea de si quieres escuchar esto. No lo sabré antes de una semana y media. Así pues, por una vez empezaré de más lejos sin inhibiciones, querida mía:
Pamela era la primera mujer que no me recordaba a ti, a la que yo no comparaba contigo, que no tenía nada de ti, de mi ideal virtual, y no obstante me atraía. La vi y supe que debía enamorarme de ella. Ésa fue mi conclusión errónea, mi decisión equivocada: el «deber», el plan, la intención, mi esfuerzo perentorio. Me animaba el deseo de amarla. Vivía sólo para eso. Hice todo lo posible para amarla hasta el final. Salvo una cosa: nunca me cuestioné si la amaba.
Con Pamela hubo tres etapas. Cuatro meses en Boston: ése fue mi mejor momento con ella, fue MI momento con ella, no quiero borrar ninguno de aquellos días. Cuando volví de Estados Unidos el verano pasado, tú estabas ahí, Emmi. Otra vez, todavía: ¡TÚ! Mis armarios repletos de emociones cuidadosamente guardadas. Qué ingenuo fui al pensar que podían haber desaparecido por sí solos. Pronto me recordaste que no había final sin principio. Nos encontramos. Te vi. ¡TE VI! ¿Qué iba a decirte entonces? ¿Qué

decir ahora? Me encontraba en la segunda etapa con Pamela: una relación a distancia, interrumpida por excitantes viajes de exploración y ataques de vehemente deseo de una pareja permanente, completamente normal, que va a comprar pan y leche y cambia la bolsa del aspirador. ¿Cómo pasaba el tiempo mientras esperaba mi futuro? Contigo, Emmi. ¿Con quién cohabitaba entretanto fuera del espacio? Contigo, Emmi. ¿Con quién vivía en lo más recóndito de mi alma? Contigo, Emmi. Siempre contigo nada más. Y encima mis más bellas fantasías tenían ahora un rostro. Tu rostro. Luego vino Pamela a quedarse. Tercera etapa. Pulsé el interruptor principal de mi cabeza: Emmi apagada, Pamela encendida. Difícil empresa. Plena concentración en la «mujer de mi vida», la elegida, a la que había que amar. «Ilusión de todo» aplicada. Tú habías pronunciado la palabra clave, yo creí que podría llegar más lejos que Bernhard y tú con vuestro «matrimonio de conveniencia». Quizá tan sólo quería demostrártelo a ti. Me esforcé al máximo por hacer feliz a Pamela. Al principio, ella se sentía halagada y protegida. A mí también me hacía bien, fue una hábil maniobra de distracción, una sensata terapia ocupacional: sobre todo, nada de hacer examen de conciencia, nada de estar mucho con Emmi. Cada mensaje personal, cada profundo pensamiento dirigido a ti debía justificarse y compensarse con un gesto de afecto hacia Pamela. Así tranquilizaba mi conciencia. Pues bien, ella no se dejó impresionar mucho tiempo por mi exceso de demostraciones de amor. Pronto se sintió molesta, agobiada, entre la espada y la pared. Necesitaba libertad, una salida, un refugio con la ventaja de jugar en campo propio. Para eso había un solo sitio posible: Boston. Yo lo vi como la última oportunidad para hacer realidad mi ilusión.

Ya conoces mis mensajes. Nuestras vacaciones de sondeo fueron lo bastante buenas para imaginarme que quería probar fortuna con ella en la costa este de Estados Unidos. Pensábamos «emigrar» a principios del año que viene, todo estaba encauzado, tenía trabajo y vivienda en perspectiva. Pero luego, pero luego, pero luego... Sí, luego le conté de ti, Emmi.

¡Felices días de playa!

Leo

Ocho horas después

Re:

¿Por qué le contaste de mí?

Por cierto, ¡hola, Leo! Espero que no hayas creído en serio que te dejaría exponer melodramáticos análisis de las etapas de «Pam» sin mis matices, durante una semana, para que después volvieras a quedarte sin aliento durante meses. Hablando de aliento: en este momento me encuentro en un café-cripta Internet con hermosísimas paredes negras, meticulosamente oscurecido, sonorizado con death metal, de unos tres metros cuadrados, para la generación atravesada por piercings, sucesora del movimiento croata «no future», un sitio donde en cinco minutos un fumador pasivo inhala más humo que un fumador empedernido medio en una hora. En esta nebulosa con iluminación nihilista, tus reflexiones retrospectivas sobre «Pam» suenan particularmente extravagantes. Así pues: ¡venga!, continúa sin inhibiciones. ¿Por qué le contaste de mí? ¿Qué pasó luego? ¿Y cómo sigue todo ahora? Una de estas tardes recogeré tus apuntes en este salón Internet, siempre y cuando entretanto mis pulmones no se hayan quemado.

Un besito,

Emmi

P. D. (muy clásica): ¡Me hace ilusión volver a verte!

Un día después
Asunto: Punto de contacto
Querida Emmi:
Qué bien verte de esa manera tan seductora. Por lo visto, el aire croata de mar y de cripta le sienta muy bien a tu vena sensible.
1) ¿Por qué le conté de ti a Pam, es decir, a Pamela? Tuve que hacerlo. Llegó un punto en que no hubo más remedio. ¡Era TU punto, Emmi! El que una vez describí y definí en los siguientes términos: «En la palma de mi mano izquierda, más o menos en el centro, donde la línea de la vida, surcada por gruesas arrugas, dobla hacia la arteria». Ahí me rozaste sin querer en nuestra segunda cita. Ese lugar se convirtió en mi amenazador punto sensible de Emmi, prolongado para toda la eternidad.
Meses más tarde, en nuestra famosa cita de cinco minutos, la noche antes de la llegada de Pamela, me dejaste tu «recuerdo», tu «regalo». ¿Eras consciente de la trascendencia de ese gesto? ¿Te imaginabas lo que provocarías con él? «¡Chsss!», susurraste. «¡No digas nada, Leo! ¡Nada de nada!» Me cogiste la mano izquierda, te la llevaste a la boca y besaste nuestro punto de contacto. Con el pulgar lo acariciaste de nuevo. Tus palabras de despedida fueron: «¡Adiós, Leo! Buena suerte. No me olvides». Y se cerró la puerta. Cientos de veces rememoré esa escena, miles de veces volví a sentir tu beso en el punto. Puesto que describir estados de excitación sexual no es precisamente mi fuerte, prefiero omitir lo que me pasaba en esos momentos.
En todo caso, ya no me fue posible tener relaciones con Pamela sin recordarte y sentirte al notar tu punto, Emmi. Eso echaba por tierra la teoría del engaño que yo había anunciado a los cuatro vientos. ¿Te acuerdas de lo que te escribí? «Lo que siento por ti no afecta en nada lo que siento por ella. Una cosa no tiene nada que ver con la otra. No compiten.» ¡Qué tontería! Una idea insostenible. Superada por la realidad. Rebatida por un punto di-

minuto. Durante largo tiempo no quise admitir que mi mano izquierda rehuía cada vez más el cuerpo de Pamela, no quería ver la actitud defensiva que adoptaba, hasta qué punto procuraba guardar su secreto, ocultarlo en el puño. Finalmente, Pamela debió de notarlo. Aquella noche cogió con decisión mi reticente mano izquierda, intentó por todos los medios abrir mi puño, lo tomó como un juego, reía a carcajadas, aumentó la presión, se arrodilló sobre mi antebrazo. Al principio me opuse con fuerza, pero acabé reconociendo mi impotencia. No podría seguir escondiendo debajo de cinco dedos toda nuestra gran verdad. Solté de golpe la mano que Pamela me tenía agarrada, la abrí, se la puse delante de la cara y dije irritado (me sentía mal, indefenso, humillado, enfadado, convicto y confeso): «¡Aquí la tienes! ¿Ya estás contenta?». Ella se quedó atónita, me preguntó qué me pasaba, si había dicho o hecho algo malo. Me limité a disculparme. Pamela no tenía idea de por qué lo hacía. Luego no tuve más remedio que contarle de ti.

En realidad, al principio sólo quería pronunciar tu nombre y ver qué me pasaba. Aproveché la pequeña saga de la indómita séptima ola para mencionar que hacía poco me la había vuelto a contar «Emmi, una conocida mía». Pamela aguzó el oído de inmediato y preguntó: «¿Emmi? ¿Quién es? ¿De dónde la conoces?». Entonces se abrió una esclusa y hablé a borbotones una hora larga hasta revelarlo todo acerca de nosotros. Fue un claro ejemplo de una de aquellas séptimas olas que se elevan, forman espuma y se derrumban, tal como tú las describiste. Una ola que estalló para provocar un cambio, para transformar el panorama, de modo que después nada volvió a ser como antes.

¡Feliz mañana en el mar!
Leo

Tres horas después
Asunto: Despedida

2) ¿Qué pasó después? No mucho más. Bajamar. Calma chicha. Silencio. Turbación. Cabeceos. Desconfianza. Frialdad. Temblores. Escalofríos. Su primera pregunta fue:

—¿Por qué me dices todo esto?

—Pensé que debías saberlo de una vez.

—¿Por qué?

—Porque fue parte de mi vida.

—¿Qué?

—Emmi.

—¿Fue? —guardé silencio—. ¿Terminó para ti?

—Ahora somos amigos, nos mandamos mensajes de vez en cuando. Ella está otra vez felizmente comprometida con su marido.

—¿Y si no lo estuviera?

—Lo está.

—¿Aún la amas?

—¡Te amo a ti, Pamela! Me iré a vivir contigo a Boston. ¿No es prueba suficiente?

Ella sonrió y me acarició la cabeza. Yo imaginé lo que estaba pensando.

Luego se puso de pie y se dirigió a la puerta. Antes de salir, se dio la vuelta y dijo:

—Una última pregunta: ¿yo existo sólo por ella?

Vacilé, pensé y dije:

—Todo tiene sus antecedentes, Pamela. Nada existe por sí solo.

Para ella el asunto estaba concluido. Intenté hablar varias veces. Yo esperaba una discusión, incluso contaba con una fuerte tormenta de granizo que causara daños en los campos, para que por fin pudiera volver a despuntar una mañana despejada. Fue en vano. Pamela bloqueaba todas las conversaciones. No hubo riñas, ni reproches, ni palabras malas, ni miradas malas. No, ya no hubo más miradas, sólo rozaduras. Su voz parecía grabada en una cinta. Sus caricias dolían, tanto más cuanto más suaves eran. Así seguimos, como si nada hubiera ocurrido. Así soportamos varias semanas, uno con otro, uno al lado del otro, juntos, sincronizados. Hasta que por fin comprendí que no sólo le había contado a Pamela los antecedentes de tu historia y la mía. Al mismo tiempo le había contado la historia de ella y la mía. Y se la había contado toda. Sólo nos restaba despedirnos.

A la mañana siguiente
Asunto: ¡Es tan, tan, tan triste...!
Hola, Leo.
Me gustaría decir algún disparate para distraernos del contenido de tu mensaje. Pero esta vez no lo consigo. Detesto las historias que acaban mal, sobre todo por la mañana. Me has hecho llorar, y ya no puedo contenerme. El tipo de al lado, al que la noche se ha dejado aquí olvidado, ese que tiene un aparato de ortodoncia sobre la ceja, hasta ha apagado su cigarrillo a medio fumar por solidaridad. ¡Me parece tan, tan, tan tremendamente triste todo lo que me escribes y la forma en que lo escribes...! ¡Me das tanta, tanta, tanta pena...! Me gustaría tanto, tanto, tanto abrazarte ahora y no soltarte más... Eres tan, tan, tan dulce... Y, no obstante, tan, tan, tan tremendamente inepto para los asuntos amorosos... Siempre lo haces todo en un momento inoportuno, y si llegara la hora de hacer algo, seguro que no lo harías o que lo harías mal. «Pam» y tú... ¡ni hablar! Lo supe en cuanto la vi. Jugar juntos al golf: de acuerdo. Visitar parientes de Boston, comer pavo en Navidad, sexo de vez en cuando (si no hay remedio): lo entiendo. ¡Pero convivir no!
Bueno, y ahora tengo que tranquilizarme deprisa. Fiona me espera fuera. Quiere internarse conmigo en la milla

comercial de nuestro pueblo de pescadores. (Comienza el próximo capítulo trágico.)

Hasta pronto, querido mío.

Emmi

Dos días después

Asunto: Tercera

3) ¿Y cómo sigue todo ahora? Ni idea, querida Emmi. De momento estoy haciendo una lluvia de ideas para mi siguiente programa semestral. Si tienes alguna sugerencia, házmela llegar, por favor. Quizá pase el resto del verano en Hamburgo, con mi hermana, esperando una séptima ola revolucionaria en el mar del Norte. En todo caso no tienes ningún motivo para estar triste ni para preocuparte por mí. Es cierto que me siento un poco debilitado, pero gratamente auténtico. Veo poco, pero lo que veo, lo veo claro. Por ejemplo, a ti (en el café-cripta croata y en la playa, con un biquini verde). (No me desilusiones: ¡no me digas que es azul!)

Si no he contado mal, a ti y a tu familia todavía os quedan cinco días de vacaciones. Me gustaría que los puedas disfrutar en paz. Yo contribuiré encerrándome en mis pilas de trabajos pendientes y no volveré a escribirte hasta que vuelvas. En todo caso, gracias por... tus oídos, tus ojos, tu punto de contacto. ¡Por ti! Eres muy importante para mí. ¡Mucho, mucho, mucho!

Leo

Tres horas después

Re:

Sí, Leo, claro que tengo una buena sugerencia para ti. ¿La incluirás en tu lluvia de ideas? El jueves de la semana que viene, 19.30 horas, restaurante Impressione, dos personas, reserva a nombre de Emmi Rothner. ¡Me hace ilusión! Y por muy debilitado que estés, ¡no faltes a esta cita! ¡Por favor, por favor, por favor!

Un besito desde la cripta,

Emmi

P. D.: Por poco. El biquini era marrón y blanco. El verde me lo pondré hoy. ¡Para qué realmente veas claro cuando me veas!

Tres días después

Asunto: Impressione

Hola, Leo.

Aún no has dicho que sí a lo del jueves. No quiero insistir, sólo quiero saber para qué me tiro una hora al sol cada día, rodeada de gente en tumbonas, a la que hasta hace una semana compadecía de todo corazón por esta indiferente ociosidad que licúa el cerebro.

Un abrazo,

Emmi

P. D.: ¡Recuerdos de Jonas «Spiderman» Rothner! Ha apostado conmigo a que eres un apasionado del ala delta y el windsurf. Yo, en cambio, apuesto más bien por paseante marítimo, buscador de conchas y coleccionista de piedras.

Un día después

Asunto: Confesión

Querida Emmi:

Es cierto que no quería molestarte en tus vacaciones, pero te confieso que tengo miedo de nuestra cita.

Cuatro horas después

Re:

¡Ay, Leo! No tienes por qué tener miedo. Es nuestra sexta cita. Hasta la séptima no serán peligrosas. ☺

Además, con esto modifico mi lista personal de hombres eróticos del universo: hombres que corren carreras de coches, hombres que visitan ferias de turismo, hombres con sandalias, hombres que beben cerveza en las fiestas populares, hombres ofendidos y... hombres temerosos.
Hasta pronto,
Emmi

Tres minutos después
Fw:
Querida Emmi:
¿Qué esperas de nuestra «velada italiana»? Sé que la pregunta te resulta familiar, pero para mí se impone antes de cada cita, en particular de ésta.

Dos minutos después
Re:
1) *Antipasti di pesce*
2) *Linguine al limone*
3) *Panna cotta*
4) Para acompañar, antes, durante, después, entretanto y con el vino: ¡Leo!
5) Continuamente enfrente de mí, acústicamente presente, vocalmente en los oídos, ópticamente en los ojos, al alcance de la mano, por así decir, rótula con rótula: ¡Leo!
(Si me prometes que, contra tus costumbres, no te lo pensarás mucho y responderás en el acto, permaneceré unos minutos más en esta cueva de fumadores.)

Un minuto después
Fw:

¿Me tratarás de una manera distinta a como me has tratado hasta ahora?

Treinta segundos después
Re:

Esas cosas no se preguntan, Leo. Esas cosas resultan. Por otro lado, cada vez nos hemos tratado de una manera distinta.

Cuarenta segundos después
Fw:

Por Pamela, quiero decir.

Dos minutos después
Re:

Sé muy bien lo que quieres decir. Lo que quiero decir es que no te trataré de otra manera por «Pam». Si te trato de otra manera, será por ti. O por mí. O en otras palabras: si tú me tratas de otra manera, yo te trataré de otra manera. Como hasta ahora siempre me has tratado de una manera distinta, esta vez también me tratarás de otra manera, y yo a mi vez te trataré de otra manera. Además, nunca hemos comido juntos. Por el simple hecho de estar comiendo, ya me tratarás de una manera distinta. Y yo reaccionaré a eso, también comeré, ¡te lo prometo! ¿Puedo salir ya de la cripta e irme al sol?

Tres minutos después
Asunto: ¿Puedo?
¿Eso quiere decir que puedo irme al sol? De acuerdo, me voy. Adiós, Leo. Te escribiré cuando llegue a casa.
Un besito,
Emmi

Al mismo tiempo
Fw:
Desde luego. Hasta pronto. Escríbeme cuando vuelvas, por favor.
Un abrazo,
Leo

Tres horas después
Asunto: Bonito biquini
Me gusta ese biquini. El verde te sienta muy bien.

Un día después
Re:
¡Qué descarado!

Dos días después
Asunto: Yo primero
Hola, Emmi.
¡Bienvenida a casa! Haz el favor de borrarme de tu «lista de hombres eróticos». Me hace ilusión verte mañana por la noche, a las siete y media, en el restaurante italiano. Me siento libre de toda preocupación. No tengo ningún temor de que la cita pueda frustrarse (y frustrar nuestras aspiraciones).
Leo

Tres horas después
Re:

El nuevo Leo: ¡espabilado, temerario, hambriento, dispuesto a todo!
(Gracias por la amable bienvenida. ¡Y primero me hace ilusión A MÍ!)

Cuatro minutos después
Fw:

La vieja Emmi: ¡llegando sana y salva!
(¡Gracias por lo de «primero» y «A MÍ»!)

A la mañana siguiente
Asunto: ¿Sigues bien?
Querida Emmi:
¿Sigue en pie lo de esta noche?

Treinta minutos después
Re:

Sí, desde luego, querido Leo. ¡Ah!, se me olvidaba decirte que Bernhard y los niños vienen conmigo. ¿Te parece bien?

Diez minutos después
Asunto: Broma

¡Era una broma, Leo! ¡Una broma! ¡Una brooooooooooo-maaaaaaaaa!

Tres minutos después
Fw:

¡Pues sí que será una noche divertida! Bueno, mejor ya dejo de escribir.

Hasta luego,
Leo

Un minuto después
Re:
¡Tengo ganas de verte!

Treinta segundos después
Fw:
¡Y yo a ti!

Capítulo 17

A la mañana siguiente
Sin asunto
¿Has descansado?

Cinco minutos después
Fw:
Aún no me he dormido. Tengo demasiadas imágenes en la cabeza y estoy ávido de verlas una y otra vez. ¿Cómo te sientes, querida?

Un minuto después
Re:
Sólo puedo desearte que te sientas igual que yo, querido.

Dos minutos después
Fw:
Duplica la intensidad de tus sensaciones y te sentirás más o menos como me siento yo, Emmi.

Tres minutos después
Re:
Divídelo por dos y multiplícalo por cuatro: ¡así es como me siento! ¿Se puede saber por qué no me preguntaste si quería subir a tu casa?

Cincuenta segundos después
Fw:
Entre otras cosas, porque hubieses dicho que no, Emmi.

Cuarenta segundos después
Re:
Vaya, ¿eso crees? ¿Parecía como si fuese a decir que no?

Un minuto después
Fw:
Quienes dicen que no, no suele parecer que van a decir que no. De lo contrario ni siquiera se les pregunta.

Cuarenta segundos después
Re:
Leo, buen conocedor de mujeres, lo sabe por su amplia experiencia en la materia. Y tras haber recibido tantos noes de mujeres que no parecía que fueran a decir que no, ya no pregunta más.

Treinta segundos después
Fw:
Tú habrías dicho que no, Emmi, ¿verdad?

Cuarenta segundos después
Re:
Y tú no habrías tenido ningún inconveniente en que yo subiera a tu casa, Leo, ¿verdad?

Treinta segundos después
Fw:
¿Por qué lo dices?

Cuarenta segundos después
Re:
Alguien que besa y... mmm... «abraza» así, no tiene nin-
gún inconveniente.

Cincuenta segundos despúes
Fw:
Emmi, la conquistadora de hombres, lo deduce de sus
incontables pruebas de sabores y sensaciones.

Cuarenta segundos después
Re:
Y bien: ¿querías que subiera a tu casa?

Veinte segundos después
Fw:
Por supuesto.

Treinta segundos después
Re:
¿Y por qué no me lo preguntaste? Te habría dicho que sí.
¡De veras!

Treinta segundos después
Fw:
¿De veras? ¡Joder!

Cincuenta segundos después
Re:

De todos modos, la escena del portal tampoco estuvo mal, querido. He visto muchas buenas escenas de besuqueos en portales (la mayoría en el cine, lo admito). Pero pocas tan buenas y tan largas. Además, ésta no tuvo momentos aburridos. Me sentí como si tuviera diecisiete.

Cuarenta segundos después
Fw:

¡Fue una noche grandiosa, querida!

Cincuenta segundos después
Re:

¡Sí que lo fue! Sólo hay una cosa que no entiendo, querido.

Treinta segundos después
Fw:

¿Qué cosa, querida?

Veinte segundos después
Re:

¿Cómo pudiste, cómo pudiste, cómo pudiste?

Treinta segundos después
Fw:

¡Dilo de una vez!

Cuarenta segundos después
Re:
¿Cómo pudiste dejar cuatro de los siete trozos de esos sensacionales *penne asparagi e prosciutto in salsa limone*?

Cincuenta segundos después
Fw:
¡Lo hice por ti!

Treinta segundos después
Re:
Te lo agradezco muchísimo.

Cincuenta segundos después
Fw:
Bueno, querida Emmi. Ahora voy a retirarme, cerraré los ojos, detendré el tiempo y soñaré... con todo esto y más. Un beso.

Cuarenta segundos después
Re:
¡Que duermas bien, amor! Por la noche te escribo para contarte qué más me llamó la atención. Te devuelvo el beso. No, mejor no. Te doy otro. El tuyo me lo quedo. No todos los días le dan a una besos como los tuyos.

Nueve horas después
Asunto: Algo llamativo
Querido Leo:
¿Ya estás despierto? Pues bien: anoche no pronunciaste ni una sola vez la palabra «Bernhard».

Cuarenta segundos después
Fw:

Tú tampoco, Emmi.

Cincuenta segundos después
Re:

Yo puedo dominarme en ese aspecto. Pero no estoy acostumbrada a que lo hagas tú, querido mío.

Ocho minutos después
Fw:

Tal vez debas (o puedas) ir acostumbrándote, querida mía. Yo también soy capaz de aprender de vez en cuando: Bernhard es tu problema, no el mío. Es tu marido, no el mío. Si me besas, es a ti a quien le remuerde la conciencia, no a mí. O a nadie, porque Bernhard sabe de nosotros... o sabía... o debería contar con ello... o se lo imagina... o... ni idea: yo ya no sé qué pensar de tu versión de la conveniencia y la franqueza, he perdido la orientación. No, peor aún, he perdido el interés: ya no quiero tener que vencer un eterno obstáculo llamado Bernhard cuando pienso en ti. Tampoco tengo ya que avergonzarme secretamente ante Pamela cuando pienso en ti. Pienso en ti cuando me place, siempre que me dé la gana y como me dé la gana. Nada me lo impide, nadie me detiene. ¿Sabes el alivio que es eso? Nuestro encuentro de ayer fue para mí como un salto cuántico. Logré verte como si existieras sólo para mí, como si hubieses sido creada sólo para mí, como si el restaurante italiano hubiera abierto especialmente para nosotros, como si la mesa se hubiese hecho a propósito para que nuestras piernas pudieran tocarse debajo, como si la retama amarilla de la puerta de mi casa hubiese sido plantada exclusivamente, veinte años atrás, previendo que florecería veinte años más tarde, cuando nosotros nos besáramos y nos abrazáramos delante de ella.

Siete minutos después
Re:

Viste muy bien, querido mío. ¡AYER EXISTÍA ÚNICAMENTE PARA TI! Y esa mirada que me capta a mí y a nadie más que a mí, que hace desaparecer todo lo que está alrededor, esa mirada que ve la retama de flores amarillas como si hubiese sido plantada para nosotros, el mundo, como si hubiera sido creado para nosotros, esa mirada... ¡grábatela, por favor, por favor, por favor! Practícala antes de dormir, repítela al despertarte, ensáyala frente al espejo. No la derroches, no la desperdicies con otros, protégela de los asaltos y de la luz del sol, no la expongas a ningún peligro, ten cuidado de que no se te rompa al transportarla. Y cuando volvamos a vernos, ¡desenvuélvela! Pues esa mirada, querido mío, me alucina, me vuelve loca. Ya sólo por eso merece la pena haberme pasado dos años y medio esperando mensajes tuyos. Nadie me había mirado así jamás, Leo. Así, tan, tan, tan... Sí. Tan así. Quería que lo supieras. Por cierto, es un cumplido, un pequeño cumplido, amor. ¿Lo has notado?

Diez minutos después
Fw:

¿Sabes qué, querida Emmi? Dejémoslo por hoy. No puede ser más bonito. Y quizá sólo pueda seguir siendo así de bonito si por una noche guardamos silencio. Te mando un beso.
Tuyo,
Leo
(Y ahora me voy a practicar la mirada tan, tan, tan...)

Capítulo 18

A la noche siguiente
Asunto: Pregunta
Pregunta al hombre del bonito silencio: ¿cuánto tiempo piensas seguir guardando este bonito silencio sobre lo «nuestro»?

Veinte minutos después
Fw:
Pregunta a la mujer que rompe el bonito silencio: ¿qué pasará con nosotros?

Tres minutos después
Re:
Eso depende de ti, querido Leo.

Cincuenta segundos después
Fw:
¿No depende más bien de ti, querida Emmi?

Un minuto después
Re:
No, querido mío, ése es tu gran error, un error fatal que ya lleva demasiado tiempo acompañándote en tu camino, que te desvió a Boston, que regresó intacto contigo, se aclimató enseguida y se adaptó tan bien a estar a tu lado.

Se pega a ti como una lapa. ¡Quítatelo de encima de una vez!

Cuarenta segundos después
Fw:
¿Qué te imaginas? ¿Quieres que te pregunte si vienes a casa esta noche y duermes conmigo?

Cincuenta segundos después
Re:
Mi querido Leo:
No se trata de lo que yo me imagino, eso ya lo sé, y no te puedes imaginar todo lo que puedo imaginarme, sobre todo desde ayer. Esta vez se trata claramente de lo que TÚ te imaginas. Y no: ¡haz el favor de no preguntarme por esta noche!

Veinte segundos después
Fw:
¿Por qué no?

Cuarenta segundos después
Re:
Porque debería decir que no.

Cuarenta segundos después
Fw:
¿Por qué deberías hacerlo?

Cincuenta segundos después
Re:

Porque, porque, porque... Porque no quiero que creas que quiero tener una aventura contigo. Y lo que es casi más importante aún: ¡porque no quiero tener una aventura contigo! Para tener una aventura podríamos habernos ahorrado dos años y medio y treinta y siete metros cúbicos de letras.

Treinta segundos después
Fw:

Si no quieres una aventura, ¿qué es lo que quieres?

Cuarenta segundos después
Re:

¡Quiero que digas qué es lo que TÚ quieres!

Veinte segundos después
Fw:

¡A TI!

Un minuto y medio después
Re:

¡Bravo, Leo! Ha sido espontáneo, intuitivo, ha quedado muy bien, y además con mayúscula. Pero ¿qué es lo que quieres hacer conmigo? ¿Leerme? ¿Tenerme en mente? ¿Llevarme siempre contigo en tus armarios emocionales? ¿Tenerme como un punto en la mano? ¿No perderme? ¿Adorarme? ¿Verme? ¿Escucharme? ¿Olerme? ¿Tocarme? ¿Besarme? ¿Agarrarme? ¿Derribarme? ¿Dejarme embarazada? ¿Comerme?

Cincuenta segundos después
Fw:

¡TODO! (Menos dejarte embarazada, aunque pensándolo bien, ¿por qué no?)

Un minuto después
Re:

¡Bien, Leo! En el punto máximo de tu timidez, a veces muestras vestigios de sentido del humor. Pero, de verdad, ¿quién te impide hacer conmigo todo lo que quieres? Y bien, ¡dime qué pasará con nosotros!

Siete minutos después
Asunto: ¡Habla!

¡Leeeeeeeeeeoooooooooo! ¡Por favor! ¡No vuelvas a callarte ahora! ¡Dilo! ¡Escríbelo! ¡Tú puedes! ¡Lo conseguirás! ¡Atrévete! ¡Estás tan cerca...!

Cuatro minutos después
Fw:

Bien, si a toda costa quieres leer lo que quiero, a pesar de que ya lo sabes: querida Emmi, queremos..., no, quieres..., o te puedes imaginar... Está bien, de acuerdo, no se trata de lo que te imaginas tú, sino de lo que me imagino YO. ¡Emmi, me imagino que me gustaría que lo intentemos!

Treinta segundos después
Re:

¿Intentar qué?

Cuarenta segundos después
Fw:
El futuro.

Un minuto después
Re:
El «futuro» es imprevisible. Mejor probemos primero a «salir juntos», eso sería posible, probable.

Cuarenta segundos después
Fw:
¡Ya sabía yo que se trataba sobre todo de lo que TÚ te imaginas! ¿Y se puede saber qué diferencia hay entre «tu» salir juntos y «mi» aventura?

Cincuenta segundos después
Re:
La pretensión, la intención, el objetivo. Las aventuras se tienen para vivirlas. Juntos se sale para seguir juntos y tal vez algún día llegar a vivir juntos en buena armonía.

Tres minutos después
Fw:
Querida Emmi:
En el (supuesto) caso de salir juntos para seguir juntos y algún día vivir juntos en tan buena armonía, lo siento, pero debo preguntártelo: ¿podrías imagin... te separarías de Bernhard?, ¿te divorciarías?

Veinte segundos después
Re:
No.

Cuarenta segundos después
Fw:
¡Pues ya ves! Olvídalo.

Treinta segundos después
Re:
Querido Leo:
En lugar de decir «¡Pues ya ves! Olvídalo», pregúntame: «¿Por qué no?».

Cuarenta segundos después
Fw:
¿Por qué quieres que te lo pregunte, Emmi?

Cincuenta segundos después
Re:
No me preguntes por qué quiero que me lo preguntes, ¡pregúntame por qué no me divorciaría!

Treinta segundos después
Fw:
Querida Emmi:
No permitiré que me digas lo que debo preguntarte. Lo que te pregunto, te lo pregunto siempre yo. Y bien: ¿por qué no te divorciarías?

Veinte segundos después
Re:
Porque ya estoy divorciada.

Dos minutos después
Fw:
No.

Doce minutos después
Re:
Sí. Desde el 17 de noviembre, a las 11.33 horas. Aproximadamente, desde hace medio año. Si has borrado de tu memoria esa fase poco edificante, fue durante los tres meses que no nos escribimos, después de mi visita nocturna y nebulosa a tu casa, después de mi anunciado FIN con mayúsculas. Entonces me marché. Entonces se lo conté todo sobre nosotros a Bernhard (mejor dicho, sobre la segunda parte de nuestra historia, la que él desconocía). Entonces declaramos de manera oficial, de común acuerdo y sin acusaciones, que nuestro matrimonio ya no marchaba a las mil maravillas y se había quedado paralizado en estado de fracaso. Entonces asumimos las consecuencias. Entonces nos divorciamos. Sí, así fue. Y estuvo bien que lo hiciéramos. Y estuvo bien como lo hicimos. Dolió, pero no mucho. Los niños ni lo notaron. Pues en los hechos no cambió demasiado. Seguimos siendo una familia.

Cuarenta segundos después
Fw:
¿Por qué me lo ocultaste?

Un minuto después
Re:
No te lo oculté, Leo, simplemente no te lo dije. No era tan, tan, tan... importante, pues sí, no era tan importante. En el fondo fue una simple formalidad. En algún momento pensaba mencionarlo. Pero entonces surgió «Pam». Ella estaba, por así decir, a la vuelta de la esquina. Me pareció que no hubiera sido muy oportuno.

Cuarenta segundos después
Fw:
Pero, Emmi, Bernhard y tú pasasteis unas idílicas vacaciones de reconciliación en las Islas Canarias.

Treinta segundos después
Re:
No fueron unas idílicas vacaciones de reconciliación, fueron unas armoniosas vacaciones de costumbre. En la escala de las buenas vacaciones, ésas son las dos posibilidades más distantes entre sí desde el punto de vista emocional. Las cosas estaban claras entre nosotros.

Cuarenta segundos después
Fw:
Tan claras que después volviste con él. Para mí ése fue un indicio seguro de la solidez de vuestro vínculo.

Ocho minutos después
Re:
¡Y para mí fue un indicio seguro de tu don para juzgar mal las cosas cuando ya no es posible juzgarlas mal! La propuesta que te hice desde La Gomera no podía ser más clara.

Pero tú, al pasarla por alto, la rechazaste. Dejaste escapar las ondas como de costumbre. Desde que nos conocemos, has ido perdiendo una séptima ola tras otra, querido mío.

Cuarenta segundos después
Fw:

Y por eso te decidiste por Bernhard y volviste con él. ¿Qué puede juzgarse mal de eso?

Cinco minutos después
Re:

No, Leo. Sólo retomamos nuestra convivencia familiar y nuestra relación de conveniencia. De ese modo, yo podía vigilar mejor a los niños cuando él estaba de gira. Además, así ya no me sentía tan perdida en la sala de espera de Leo, con los ojos clavados en las paredes blancas.

Cincuenta segundos después
Fw:

Eso yo no lo sabía.

Treinta segundos después
Re:

Ya lo sé.

Cuarenta segundos después
Fw:

Aunque sea algo nuevo y poco habitual, me hace bastante bien saberlo.

Treinta segundos después
Re:
Me alegro por ti.

Tres minutos después
Fw:
¿Y ahora?

Cincuenta segundos después
Re:
Ahora propongo que necesito un whisky.

Treinta segundos después
Fw:
¿Y luego?

Dos minutos después
Re:
Luego puedes volver a preguntarme si quiero ir a tu casa. Mientras tanto ya puedes ir empezando a practicar tu mirada de la retama y a contar olas.

Cinco minutos después
Fw:
¿Has terminado el whisky?

Treinta segundos después
Re:
Sí.

Veinte segundos después
Fw:
¿Vienes?

Quince segundos después
Re:
Sí.

Treinta segundos después
Fw:
¿De veras?

Veinte segundos después
Re:
Sí.

Veinticinco segundos después
Fw:
Hasta ahora.

Veinte segundos después
Re:
Sí.

Capítulo 19

Tres meses después
Sin asunto
¿Estás conectado, amor? ¿Me he dejado el móvil en tu casa esta mañana? ¿Puedes buscarlo? 1) En el bolsillo del albornoz. 2) En los vaqueros negros (están en la cesta para la ropa, espero que aún no los hayas lavado). 3) En la cómoda del vestíbulo. O, mejor todavía: llámame y escucha dónde suena.
Un beso,
E.

Dos minutos después
Sin asunto
No he dicho nada. Ya lo he encontrado. ¡Tengo muchísimas ganas de verte!
E.

Tres horas después
Fw:
Hola, querida.
¡Qué bien leerte! ¡Qué bien escribirte! Podríamos hacerlo más a menudo. Mil besos. ¡Y ven con hambre!
Hasta luego,
Leo

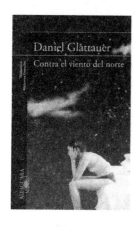

CONTRA EL VIENTO
DEL NORTE
Daniel Glattauer

«Uno de los diálogos amorosos más inteligentes y encantadores de la literatura actual.»

Der Spiegel

«Ágil, divertida y plagada de suspense. Un fenómeno editorial.»

El País

«Eficacia narrativa, astucia, ingenio, ironía, tensión, memorables reflexiones sobre el poder de los celos, de las palabras y de la imaginación... Brillante.»

El Periódico de Catalunya

«Es el éxito editorial con mayor progresión del momento y promete traer un terrible tsunami de imitaciones.»

La Vanguardia

«Para cualquiera que desee asistir al gran espectáculo de un hombre y una mujer seduciéndose, aquí tiene un libro inexcusable.»

Qué Leer

«Una refinada variación electrónica de la novela epistolar clásica... Es digno de admiración con qué aparente facilidad y elegancia crea Glattauer este juego malabar literario.»

Spiegel Special

Alfaguara es un sello editorial del Grupo Santillana

www.alfaguara.com

Argentina
www.alfaguara.com/ar
Av. Leandro N. Alem, 720
C 1001 AAP Buenos Aires
Tel. (54 11) 41 19 50 00
Fax (54 11) 41 19 50 21

Bolivia
www.alfaguara.com/bo
Calacoto, calle 13 nº 8078
La Paz
Tel. (591 2) 279 22 78
Fax (591 2) 277 10 56

Chile
www.alfaguara.com/cl
Dr. Aníbal Ariztía, 1444
Providencia
Santiago de Chile
Tel. (56 2) 384 30 00
Fax (56 2) 384 30 60

Colombia
www.alfaguara.com/co
Calle 80, nº 9 - 69
Bogotá
Tel. y fax (57 1) 639 60 00

Costa Rica
www.alfaguara.com/cas
La Uruca
Del Edificio de Aviación Civil 200 metros
Oeste
San José de Costa Rica
Tel. (506) 22 20 42 42 y 25 20 05 05
Fax (506) 22 20 13 20

Ecuador
www.alfaguara.com/ec
Avda. Eloy Alfaro, N 33-347 y Avda. 6 de
Diciembre
Quito
Tel. (593 2) 244 66 56
Fax (593 2) 244 87 91

El Salvador
www.alfaguara.com/can
Siemens, 51
Zona Industrial Santa Elena
Antiguo Cuscatlán - La Libertad
Tel. (503) 2 505 89 y 2 289 89 20
Fax (503) 2 278 60 66

España
www.alfaguara.com/es
Torrelaguna, 60
28043 Madrid
Tel. (34 91) 744 90 60
Fax (34 91) 744 92 24

Estados Unidos
www.alfaguara.com/us
2023 N.W. 84th Avenue
Miami, FL 33122
Tel. (1 305) 591 95 22 y 591 22 32
Fax (1 305) 591 91 45

Guatemala
www.alfaguara.com/can
7ª Avda. 11-11
Zona nº 9
Guatemala CA
Tel. (502) 24 29 43 00
Fax (502) 24 29 43 03

Honduras
www.alfaguara.com/can
Colonia Tepeyac Contigua a Banco
Cuscatlán
Frente Iglesia Adventista del Séptimo Día,
Casa 1626
Boulevard Juan Pablo Segundo
Tegucigalpa, M. D. C.
Tel. (504) 239 98 84

México
www.alfaguara.com/mx
Avda. Universidad, 767
Colonia del Valle
03100 México D.F.
Tel. (52 5) 554 20 75 30
Fax (52 5) 556 01 10 67

Panamá
www.alfaguara.com/cas
Vía Transísmica, Urb. Industrial Orillac,
Calle segunda, local 9
Ciudad de Panamá
Tel. (507) 261 29 95

Paraguay
www.alfaguara.com/py
Avda. Venezuela, 276,
entre Mariscal López y España
Asunción
Tel./fax (595 21) 213 294 y 214 983

Perú
www.alfaguara.com/pe
Avda. Primavera 2160
Santiago de Surco
Lima 33
Tel. (51 1) 313 40 00
Fax (51 1) 313 40 01

Puerto Rico
www.alfaguara.com/mx
Avda. Roosevelt, 1506
Guaynabo 00968
Tel. (1 787) 781 98 00
Fax (1 787) 783 12 62

República Dominicana
www.alfaguara.com/do
Juan Sánchez Ramírez, 9
Gazcue
Santo Domingo R.D.
Tel. (1809) 682 13 82
Fax (1809) 689 10 22

Uruguay
www.alfaguara.com/uy
Juan Manuel Blanes 1132
11200 Montevideo
Tel. (598 2) 410 73 42
Fax (598 2) 410 86 83

Venezuela
www.alfaguara.com/ve
Avda. Rómulo Gallegos
Edificio Zulia, 1º
Boleita Norte
Caracas
Tel. (58 212) 235 30 33
Fax (58 212) 239 10 51